杭州漫游记

一座城市一本书

杭州漫游记

何薇◎编

河海大学出版社
HOHAI UNIVERSITY PRESS
· 南京 ·

图书在版编目（CIP）数据

杭州漫游记 / 何薇编. -- 南京 ： 河海大学出版社，
2022.2
（一座城市一本书）
ISBN 978-7-5630-7281-1

Ⅰ．①杭… Ⅱ．①何… Ⅲ．①中国文学－当代文学－
作品综合集 Ⅳ．①I217.1

中国版本图书馆CIP数据核字(2021)第242590号

丛 书 名 / 一座城市一本书
书　　 名 / 杭州漫游记
　　　　　　HANGZHOU MANYOU JI
书　　 号 / ISBN 978-7-5630-7281-1
责任编辑 / 毛积孝
特约编辑 / 齐　静
特约校对 / 黎　红
装帧设计 / 刘昌凤
出版发行 / 河海大学出版社
地　　 址 / 南京市西康路1号（邮编：210098）
电　　 话 / （025）83737852（总编室）
　　　　　 / （025）83722833（营销部）
经　　 销 / 全国新华书店
印　　 刷 / 三河市华晨印务有限公司
开　　 本 / 660毫米×960毫米　1/16
印　　 张 / 14
字　　 数 / 170千字
版　　 次 / 2022年2月第1版
印　　 次 / 2022年2月第1次印刷
定　　 价 / 69.80元

江南忆，最忆是杭州

"江南忆，最忆是杭州。"若谈及江南，杭州是绕不开的城市。

杭州是古老的。屡变星霜，朝代盛衰，人们在这里织就起历史的长卷。杭州有迹可循的历史要追溯到七八千年前的跨湖桥文化时期和距今五千年的良渚文化时期，它们是杭州古史的名片。春秋战国时期，吴、越两国爆发战争。吴王夫差打败越国，尽收越国今杭州市的大片土地。公元前473年，越国灭吴，又重新掌控了该地。此后，直至公元前306年，楚国灭越，在江东设立郡县，由此今杭州区域被全部收为楚国疆土。公元前222年，秦国在此设立郡县，分别为钱唐县、余杭县，总属于会稽郡管辖。后来，《史记》中记载了秦始皇出巡东南的事迹，"过丹阳，至钱唐，临浙江"，这也是今杭州在史籍中出现的最早的文字记录。

隋朝时期，隋文帝杨坚灭陈国，废钱唐郡，设立杭州，管辖余杭、钱唐、富阳、盐官四县。这也是"杭州"之名首次在历史上出现。唐朝时期，因避国号讳，原"钱唐"被改名为"钱塘"。当时，时任杭州刺史的袁仁敬在洪春桥至灵隐一带种植了大量的松树，之后便形成了"九里云松"的景象，后来更是成了"钱塘十景"之一。五代十国时期，吴越国定都杭州，吴越王钱氏更是两次扩建杭州城。

北宋时期，吴越国王钱俶归顺于宋。钱俶为了供奉佛螺髻发舍利，在西湖夕照山上建了一座塔。这就是如今闻名于世的雷峰塔。也有传闻说，此塔是为庆祝王妃黄氏生子而建，故又被称为黄妃塔。1089 年，苏轼被任命为杭州知州。当时恰逢浙西大旱，为了赈灾，苏轼组织百姓疏浚城中诸河，这其中就包括西湖。而这些因疏通河道被挖出的淤泥越积越多，被堆成了长堤。后来，人们又在堤上筑了六桥。人们感念苏轼的治理功绩，将此堤命名为"苏堤"。1138 年，南宋正式定都杭州。

元朝时期，意大利的马可·波罗来中国游历。归国后的他曾在所著的《马可·波罗游记》中盛赞杭州是世界上"最美丽华贵之天城"。明朝时期，时任杭州知府的杨孟瑛在疏浚西湖时，将所得的淤泥堆筑成长堤。这也就是今日我们所知道的"杨公堤"。后来，时任杭州知府的孙孟又在西湖北塔遗址上建造了振鹭亭。此亭后经扩建，成了今日著名的湖心亭。清朝时期，康熙皇帝曾五次南巡至杭州，更为"西湖十景"题名，分别为苏堤春晓、双峰插云、柳浪闻莺、花港观鱼、曲院风荷、平湖秋月、南屏晚钟、三潭印月、雷峰夕照、断桥残雪。

杭州是浪漫的，适合邂逅一场长长久久的爱情。你看，白娘子与许仙的爱情，还在烟雨中的西湖留有余韵。远山凝望着情人们，悠悠小船在湖面荡开。冬日的荷池里，浮翠流丹或许已不在，但某种热爱却依然慢慢生长。四季的光阴里，一轮水月总是缠绵辉映，哪怕有一时的风藏月隐，也让人难以忘怀此宵的美丽。流年漫长，我多想告诉你，别浪费了这月色。

杭州是朦胧的，适合做一晚风花雪月的美梦。梦见了柳浪闻莺，梦见了曲院风荷，梦见了断桥残雪，梦见了平湖秋月，谁人衣带柳丝，撞入那一怀青山绿林。夜色里，看远处双峰，一切都无影无踪，一切都一望无际，任凭那满腔的爱意涌来。

这里的一切都是绿的，总像刚下过雨一般。绿的山，绿的水，绿的石阶，绿的草木……连秋过，也是别样一番繁华。我想为你记录这一城的绿，好仔细收藏；我想把这一城的绿融进每一个人的眼里、心里，圆一个永生不灭的梦。

杭州是美味的，适合休一个舒舒服服的假期。在这里，我们按时食用四季的美食，油焖春笋、采纯剥菱、剖莲雪藕……季节有序，这是大自然所蕴藏的至味珍馐；在这里，每一个喜爱肉食的朋友都能满载而归，西湖醋鱼、叫化童鸡、东坡肉、龙井虾仁……不用过多遐想，你要做的就是让自己的味蕾去享受它们；在这里，不管是单身还是贫穷，一碗虾爆鳝面都值得你拥有。虾与鳝鱼相得益彰，除了果腹，你会从中得到一份相见恨晚的惊喜感。

这个世界还有很多地方，我们没有到达。杭州，或许你来过，或许你还未来，又或许你此刻正在。总之，杭州正在浪漫地运作着，而我的描述总是语焉不详，它有很多美丽的故事等待我们去发现……

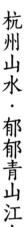

（一）杭州山水·郁郁青山江水平

（二）杭州古迹·多少楼台烟雨中

（三）杭州季候·风光不与四时同

（一）

杭州山水·郁郁青山江水平

观涛赋

［东晋］顾恺之

汹涌的波涛，翻滚的浪潮，狂暴恣肆般，不断地涌向江岸，一浪接着一浪。这是来自江海深处的咆哮，岩石被吞噬，鱼虾被抛出，无休止地直奔陆地，席卷而去。

临浙江以北眷，壮沧海之宏流。水无涯而合岸，山孤映而若浮。既藏珍而纳景，且激波而扬涛。其中则有珊瑚明月，石帆瑶瑛，雕鳞采介，特种奇名。崩峦填壑，倾堆渐隅。岑有积螺，岭有悬鱼。谟兹涛之为体，亦崇广而宏浚。形无常而参神，斯必来以知信。势刚淩以周威，质柔弱以协顺。

与朱元思书

〔南北朝〕吴均

天山共色，两岸重峦叠嶂，青山隐隐，蝉猿不休，群鸟嘤嘤……无论缓急，今我独身，乘舟此去，一路看着它们，内心一片寂静、透彻。

风烟俱净，天山共色。从流飘荡，任意东西。自富阳至桐庐一百许里，奇山异水，天下独绝。

水皆缥碧，千丈见底。游鱼细石，直视无碍。急湍甚箭，猛浪若奔。

夹岸高山，皆生寒树，负势竞上，互相轩邈，争高直指，千百成峰。泉水激石，泠泠作响；好鸟相鸣，嘤嘤成韵。蝉则千转不穷，猿则百叫无绝。鸢飞戾天者，望峰息心；经纶世务者，窥谷忘反。横柯上蔽，在昼犹昏；疏条交映，有时见日。

梦梁录（节选）

［宋］吴自牧

西湖，旧称钱塘湖、西子湖，位于杭州之西。这是一篇关于西湖的历史记载。时间让西湖更有底蕴。每一个朝代的风景变化，都构成今日我们所见之西湖。每一次的沿革，都是西湖历史的枝节，共同组成一部完整的西湖史。

西湖

杭城之西，有湖曰西湖，旧名钱塘。湖周围三十余里，自古迄今，号为绝景。唐朝白乐天守杭时，再筑堤捍湖。宋庆历间，尽辟豪民僧寺规占之地，以广湖面。元祐时，苏东坡守杭，奏陈于上，谓"西湖如人之眉目，岂宜废之？"遂拨赐度牒，易钱米，募民开湖，以复唐朝之旧。绍兴间，辇毂驻跸，衣冠纷集，民物阜蕃，尤非昔比，郡臣汤鹏举申明西湖条画事宜于朝，增置开湖军兵，差委官吏管领任责，盖造寨屋舟只，专一撩湖，无致湮塞，修湖六井阴窦水口，增置斗门水闸，量度水势，得其通流，无垢污之患。乾道年间，周安抚淙奏乞降指挥，禁止官民不得抛弃粪土、栽植荷菱等物。秽污填塞湖港，旧召募军兵专一撩湖，近来废阙，见存者止三十余名，乞再填刺补额，仍委尉司官并本府壕塞官带主管开湖职，专一管辖军兵开撩，无致人户包占。或有违戾，许人告捉，以违制论。自后时有禁约，方得开辟。淳祐丁未大旱，湖水尽涸，郡守赵节斋奉朝命开浚，自六井至钱塘、上船亭、西林桥、北山第一桥、苏堤、三塔、南新路、长桥、柳洲寺前等处，凡种菱荷茭荡，一切剃去，方得湖水如旧。咸淳间，守臣潜皋墅亦申请于朝，乞行除拆湖中菱荷，毋得存留秽塞，侵占湖岸之间。有御史鲍度劾奏内臣陈敏贤、刘公正包占水池，盖造屋宇，濯秽洗马，无所不施，灌注湖水，一以酝酒，以祀天地、飨祖宗，不得蠲洁而亏歆受之福，次以一城黎元之生，俱饮污腻浊水而起疾疫之灾。奉旨降官罢职，令临安府日下拆毁屋宇，开辟水港，尽于湖中除拆荡岸，得以无秽污之患。官府除其年纳利租官钱，销灭其籍，绝其所莳，本根勿复萌蘖矣。且湖山之景，四时无穷，虽有画工，莫能摹写。如映波桥侧竹水院，涧松茂盛，密荫清漪，委可人意。西林桥即里湖内，俱是贵官园圃，凉堂画阁，高台危榭，花木奇秀，灿然可观。有集芳御园，理宗赐与贾秋壑为第宅家庙，往来游玩舟只，不敢仰视，祸福立见矣。西泠桥外孤山路，有琳宫者二，曰四圣延祥观，曰西太乙宫，御园在观侧，乃林和靖隐居之地，内有六一泉、金沙井、闲泉、仆夫泉、香月亭。亭侧山椒，环植梅花。亭中大书"疏影横斜水清浅，暗香浮动月黄昏"之句于照屏之上云。又有堂扁曰"挹翠"，盖挹西北诸山之胜耳。曰清新亭，面山而宅，其麓在挹翠之后。曰香莲亭，曰射圃，曰玛瑙坡，曰陈朝桧，皆列圃之左右。旧有东坡庵、四照阁、西阁、鉴堂、辟支塔，年深废久，而名不可废也。曰苏公堤，元祐年东坡守杭奏开浚湖水，所积葑草，筑为长堤，故命此名，以表其德云耳。自西迤北，横截湖面，绵亘数里，夹道杂植花柳，置六桥，建九亭，以为游人玩赏驻足之地。咸淳间，朝家给钱，命守臣增筑堤路，沿堤亭榭再一新，补植花木。向东坡尝赋诗云："六桥横接天汉上，北山始与南屏通。忽惊二十五万丈，老蒻席卷苍烟空。"曰南山第一桥，名映波桥，西偏建堂，匾曰"先贤"。宝历年大资袁京尹歆请于朝，以杭居吴会，为列城冠，湖山清丽，瑞气扶舆，人杰代生，踵武相望，祠祀未建，实为阙文，以公帑求售居民园屋，建堂奉忠臣孝子、善士名流、德行节义。学问功业，自陶唐至宋，本郡人物许箕公以下三十四人，及孝妇孙夫人等五氏，各立碑刻，表世旌哲而祀之。堂之外堤边，有桥名袁公桥，以表而出之。其地前挹平湖，四山环合，景象窈深，惟堂滨湖，入其门，一径萦纡，花木蔽翳，亭馆相望，来者由振衣，历古香，循清风，登山亭，憩流芳，而后至祠下，又徙玉晨道馆于祠之艮隅，以奉洒扫，易匾曰"旌德"，且为门便其往来。直门为堂，匾曰"仰高"。第二桥名锁澜，桥西建堂，匾曰"湖山"。咸淳间，洪帅焘买民地创建，栋宇雄杰，面势端闳，冈峦奔赴，水光潋滟，四浮图矗四围，如武士相卫，回眸顾盼，由后而望，则芙蕖菰蒲蔚然相扶，若有逊避其前之意。后二年，帅臣潜皋墅增建水阁六楹，又纵为堂四楹，以达于阁。环之栏槛，辟之户牖，盖迤延远挹，尽纳千山万景，卓然为西湖堂宇之冠，游者争趋焉。接第三桥，名"望仙"，桥侧有堂，匾曰"三贤"，以奉白乐天、林和靖、苏东坡三先生之祠。袁大资请于朝，切惟三贤道德名节，震耀今古，而祠附于水仙庙东庑，则何以崇教化，励风俗？遂买居民废址，改造堂宇，以奉三贤，实为尊礼名胜之所。正当苏堤之中，前挹湖山，气象清旷；背负长岗，林樾深窈；南北诸峰，岚翠环合，遂与苏堤贯联也。盖堂宇参错，亭馆临堤，种植花竹，以显清概。堂匾水西、云北、月香、水影、晴光、雨色。曰北山第二桥，名东浦桥，西建一小矮桥过水，名小新堤，于淳祐年间，赵节斋尹京之时，筑此堤至曲院，接灵隐三竺梵宫，游玩往来，两岸夹植花柳，至半堤，建四面堂，益以三亭于道左，为游人憩息之所，水绿山青，最堪观玩。咸淳再行高筑堤路，凡二百五十余丈，所费俱官给其券工也。曰北山第一桥，名涵碧桥，过桥出街，东有寺名广化，建竹阁，四面栽竹万竿，青翠森茂，阴晴朝暮，其景可爱，阁下奉乐天之祠焉。曰寿星寺，高山有堂，匾曰"江湖伟观"，盖此堂外江内湖，一览目前。淳祐赵尹京重创广厦危栏，显敞虚旷，旁又为两亭，巍然立于山峰之顶。游人纵步往观，心目为之豁然。曰孤山桥，名宝祐，旧呼曰断桥，桥里有梵宫，以石刻大佛，金装，名曰"大佛头"，正在秦皇缆舟石山上，游人争睹之。桥外东有森然亭，堂名放生，在石函桥西，昉于真庙朝天禧年间，平章王钦若出判杭州，请于朝建也。次年守臣王随记其事。元祐东坡请浚西湖，谓每岁四月八日，邦人数万，集于湖上，所活羽毛鳞介以百万数，皆西北向稽首祝万岁。绍兴以銮舆驻跸，尤宜涵养，以示渥泽，仍以西湖为放生池，禁勿采捕，遂建堂匾德生。有亭二：一以滨湖，为祝网纵鳞之所，亭匾泳飞；一以枕山，凡名贤旧刻皆峙焉，又有奎书《戒烹宰文》刻石于堂上。曰玉莲，又名一清，在钱塘门外菩提寺南沿城，景定间尹京马光祖建，次年魏克愚徙郡治竹山阁改建于此，但堂宇爽闿，花木森森，顾盼湖山，蔚然堪画。曰丰豫门，外有酒楼，名丰乐，旧名耸翠楼，据西湖之会，千峰连环，一碧万顷，柳汀花坞，历历栏槛间，而游桡画舫，棹讴堤唱，往往会于楼下，为游览最。顾以官酤喧杂，楼亦临水，弗与景称。淳祐年，帅臣赵节斋再撤新创，瑰丽宏特，高接云霄，为湖山壮观，花木亭榭，映带参错，气象尤奇。缙绅士人，乡饮团拜，多集于此。更有钱塘门外望湖楼，又名看经楼。大佛头石山后名十三间楼，乃东坡守杭日多游此，今为相严院矣。丰豫门外有望湖亭三处，俱废之久，名贤遗迹，不可无传，故书之使后贤不失其名耳。曰湖边园圃，如钱塘玉壶、丰豫渔庄、清波聚景、长桥庆乐、大佛、雷峰塔下小湖斋宫、甘园、南山、南屏，皆台榭亭阁，花木奇石，影映湖山，兼之贵宅宦舍，列亭馆于水堤；梵刹琳宫，布殿阁于湖山，周围胜景，言之难尽。东坡诗云："若把西湖比西子，淡妆浓抹总相宜。"正谓是也。近者画家称湖山四时景色最奇者有十，曰苏堤春晓，曲院风荷，平湖秋月，断桥残雪，柳浪闻莺，花港观鱼，雷峰夕照，两峰插云，南屏晚钟，三潭映月。春则花柳争妍，夏则荷榴竞放，秋则桂子飘香，冬则梅花破玉，瑞雪飞瑶。四时之景不同，而赏心乐事者亦与之无穷矣。

西湖

〔明〕袁宏道

西湖美景，以春色、月景为妙，朝烟、夕岚

为佳，花态柳情，山容水意，真是趣味在人间。

西湖六桥，以花开为绝，堤上花开，香味弥漫，

真是可缓缓归矣。

西湖一

从武林门而西，望保叔塔突兀层崖中，则已心飞湖上也。午刻入昭庆，茶毕，即棹小舟入湖。山色如娥，花光如颊，温风如酒，波纹如绫，才一举头，已不觉目酣神醉。此时欲下一语描写不得，大约如东阿王梦中初遇洛神时也。余游西湖始此，时万历丁酉二月十四日也。

晚同子公渡净寺，觅阿宾旧住僧房。取道由六桥、岳坟、石径塘而归。草草领略，未及遍赏。次早得陶石篑帖子，至十九日，石篑兄弟同学佛人王静虚至，湖山好友，一时凑集矣。

西湖二

西湖最盛，为春为月。一日之盛，为朝烟，为夕岚。今岁春雪甚盛，

梅花为寒所勒，与杏桃相次开发，尤为奇观。石篑数为余言："傅金吾园中梅，张功甫家故物也，急往观之。"余时为桃花所恋，竟不忍去。湖上由断桥至苏堤一带，绿烟红雾，弥漫二十余里。歌吹为风，粉汗为雨，罗纨之盛，多于堤畔之草，艳冶极矣。

然杭人游湖，止午未申三时，其实湖光染翠之工，山岚设色之妙，皆在朝日始出，夕春未下，始极其浓媚。月景尤不可言，花态柳情，山容水意，别是一种趣味。此乐留与山僧、游客受用，安可为俗士道哉！

西湖三

湖上之盛，在六桥及断桥两堤。断桥旧有堤甚狭，为今侍中所增饰，工致遂在六桥之上。夹道种绯桃、垂杨、玉兰、山茶之属二十余种，白石砌其边如玉，布地皆软沙。旁附小堤，益以杂花，每步其上，即乐而忘归，不十余往还不止。闻往年堤上花开，不数日多被人折去。今春禁严，花开最久。浪游遭遇之奇，此其一矣。

西湖四

西陵桥一名西林，一名西泠，或曰即苏小结同心处也。余因作诗吊之。方子公曰："'数声渔笛知何处，疑在西泠第一桥。''陵'作'泠'，苏小恐误。"余曰："管不得，只是西陵便好。且白公《断桥》诗有云：'柳色春藏苏小家'，断桥此去不远，岂不可借作西陵故实邪。"

飞来峰

〔明〕袁宏道

飞来峰，位于西湖西侧，又名灵鹫峰。该峰
由石灰岩构成，受地下水溶蚀作用，山岩峭立，
洞壑显著。作者曾五次与友人一起拜访此峰。
每一次的游玩，皆游兴不减；每一次的登峰，
皆尽兴而归。

　　湖上诸峰，当以飞来为第一。高不余数十丈，而苍翠玉立。渴虎奔猊，
不足为其怒也；神呼鬼立，不足为其怪也；秋水暮烟，不足为其色也；颠
书吴画，不足为其变幻诘曲也。石上多异木，不假土壤，根生石外。前后
大小洞四五，窈窕通明，溜乳作花，若刻若镂。……
　　余前后登飞来峰者五，初次与黄道元、方子公同登，单衫短后，直穷
莲花峰顶。每遇一石，无不发狂大叫。次与王闻溪同登。次为陶石篑、周
海宁。次为王静虚、石篑兄弟。次为鲁休宁。每游一次，辄思作一诗，卒
不可得。

莲花洞

［明］袁宏道

莲花洞，位于在杭州西湖南山，净慈寺旁。
此处的亭、湖、柳、石风光各异，大有不同。
这里无人刻意雕琢，岁月洗礼，一切交付给
自然罢了。

　　莲花洞之前，为居然亭。亭轩豁可望。每一登览，则湖光献碧，须眉形影，如落镜中。六桥杨柳一络，牵风引浪，萧疏可爱。晴雨烟月，风景互异，净慈之绝胜处也。洞石玲珑若生，巧逾雕镂。余尝谓吴山、南屏一派，皆石骨土肤，中空四达，愈搜愈出。近若宋氏园亭，皆搜得者。又紫阳宫石，为孙内使搜出者甚多。噫！安得五丁神将，挽钱塘江水，将尘泥洗尽，山骨尽出，其奇奥当何如哉！

五游西湖记

［清］归庄

来游六月的西湖，犹如进入一派繁盛之境。这样的美总使游人沉醉。轻舟小楫，载酒泛湖，满眼的清圆水面、亭亭荷花。一时间，竟不知是梦，还是现实了。奈何，风景好极了，"我"的口袋里却空空如也，游不得兴，又进退两难。

余之游西湖，凡五度矣，未有如今日之快，亦未有如今日之穷者也。曷言乎游之快？昔年来游，皆值秋冬衰飒之际，今岁自六月杪至武林，寓湖上，日夕对湖山之胜。新秋气爽，荷花盛开，时时载酒泛湖。或好事相邀，湖舫醉花，湖楼玩月；兴阑则振屐南北两峰之间，探奥极旷，累日忘归。游览之诗，遂得数十。所谓游西湖未有如今日之快者也。若夫游之穷，则一言而已尽：欲归而不能归者。何以言之？吾尝谓游道有三：有贵人之游，有豪士之游，有布衣之游。旌旆所向，郊迎负弩，候其游踪，供张凤具，此贵人之游也；载宝而行，倾财结客，舟车丝竹，不移而具，此豪士之游也；恃其高名，挟其长技，王公倒屣，群彦捧杖，此布衣之游也。而布衣之游又有三：有因人之游，有作客之游，有独往之游。贵人作官资书记，遨游需伴侣，则必以文人骚客自随，文人骚客遂得不费资斧而登览山川，此因人之游也。某所督抚、藩、臬、守令，或系门年亲串，则跋涉千里，冀分润膏腴，登临之事，因便及之，此作客之游也。至于独往之游，则贵人不敢相挈，俗士不能追随，偶得宿舂粮，即信意所之，不顾其后，如余之驾一扁舟，越四百余里，来观西湖荷花，岂非所谓独往者乎？不意羁旅穷途，至不能归，所谓游西湖未有如今日之穷者也。余固不作游客，地主寡情，亦无所恨。武林士人，闻其微名，颇蒙结纳；至于笔耕诸长技，平日所以自给者，到此邦乃一无可恃。余因赁屋雇舟舆之费未足以偿，以书画求售，亦竟不应，遂不得脱身归。适绍兴友人夏卤均欲归，问余欲渡江否？余念吏于江东者，亦有同社之友，而形迹颇疏，假使复为杭州守，则如之何？且今旅资罄竭，亦不能复游，须附夏子之舟，乃能渡江。余本以山人独往之游，而更为作客之游，因人之游，岂其所愿哉！不得已，则更与一二知己商之。嗟乎！进退维谷，行止难定，游至于此，亦可悲矣！八月朔，秉烛记。

浮生六记（节选）

[清] 沈复

若言西湖之景，大大小小，那是各有妙处；
若言西湖之美，三言两语，总不能尽述。总之，
美丽之景、美丽之物，是需要你亲自来感受、
来触摸的。

至山阴之明年，先生以亲老不远游，设帐于家，余遂从至杭。西湖之胜，因得畅游。结构之妙，予以龙井为最，小有天园次之。石取天竺之飞来峰，城隍山之瑞石古洞。水取玉泉，以水清多鱼，有活泼趣也。大约至不堪者，葛岭之玛瑙寺。其余湖心亭、六一泉诸景，各有妙处，不能尽述，然皆不脱脂粉气，反不如小静室之幽僻，雅近天然。

苏小墓在西泠桥侧。土人指示，初仅半丘黄土而已。乾隆庚子圣驾南巡，曾一询及。甲辰春，复举南巡盛典，则苏小墓已石筑其坟，作八角形，上立一碑，大书曰："钱塘苏小小之墓"。从此吊古骚人，不须徘徊探访矣！余思古来烈魄贞魂埋没不传者，固不可胜数，即传而不久者亦不为少。小小一名妓耳，自南齐至今，尽人而知之，此殆灵气所钟，为湖山点缀耶？

桥北数武，有崇文书院，余曾与同学赵缉之投考其中。时值长夏，起极早，出钱塘门，过昭庆寺，上断桥，坐石阑上。旭日将升，朝霞映于柳外，

尽态极妍。白莲香里，清风徐来，令人心骨皆清。步至书院，题犹未出也。午后缴卷，偕缉之纳凉于紫云洞，大可容数十人，石窍上透日光。有人设短几矮凳，卖酒于此，解衣小酌，尝鹿脯甚妙，佐以鲜菱雪藕，微酣出洞。缉之曰："上有朝阳台，颇高旷，盍往一游？"余亦兴发，奋勇登其巅，觉西湖如镜，杭城如丸，钱塘江如带，极目可数百里。此生平第一大观也。

　　坐良久，阳乌将落，相携下山，南屏晚钟动矣。韬光、云栖路远未到，其红门局之梅花，姑姑庙之铁树，不过尔尔。紫阳洞予以为必可观，而访寻得之，洞口仅容一指，涓涓流水而已。相传中有洞天，恨不能抉门而入。

记九溪十八涧

九溪十八涧，即西湖新十景之一的"九溪烟树"，位于西湖的鸡冠垅下。群山重峦叠嶂，行至深处，有茶园散落，有潺潺溪水……宛若桃花源般，眼前是从未见过的风景。

过龙井山数里，溪色澄然迎面，九溪之北流也。溪发源于杨梅岭。余之溯溪，则自龙井始。溪流道万山中，山不骈而骛，踵趾错互，苍碧莫辨途径。沿溪取道，东瞥西匿，前若有阻而旋得路。水之未入溪，号皆曰涧。涧以十八，数倍于九也。余遇涧即止。过涧之水，必有大石亘其流。水面冲激，蒲藻交舞。溪身广四五尺，浅者沮洳，由草中行；其稍深者，虽渟蓄犹见沙石。其山多茶树，多枫叶，多松。过小石桥，向理安寺路，石尤诡异。春箨始解，攒动岩顶，如老人晞发。怪石折迭，隐起山腹，若橱若几若函书状。即林表望之，瀹然带云气。杜鹃作花，点缀山路。岩日翳吐，出山已亭午矣。时光绪己亥三月六日。同游者达县吴小村，长乐高凤岐，钱塘邵伯䌹。

游西溪记

〔清〕林纾

西溪之胜，总少不了要谈那山、那水、那亭台庵宇。星霜屡变，山之幽静，水之清深，亭台庵庙之雍雍……没有过多的变化，一切忠实于自然。穿游其间，无人不为这美景恋恋痴迷。

西溪之胜，水行沿秦亭山，十余里，至留下，光景始异。溪上之山，多幽茜，而秦亭特高峙，为西溪之镇山。溪行数转，犹见秦亭也。溪水潆然而清深，窄者不能容舟。野柳无次，被丽水上，或突起溪心。停篙攀条，船侧转乃过。石桥十数，柿叶蓊荟，秋气洒然。桥门印水，幻圆影如月，舟行入月中矣。

交芦庵绝胜。近庵里许，回望溪路，为野竹所合，截然如断，隐隐见水阁飞檐，斜出梅林之表。其下砌石，可八九级。老柳垂条，拂扫水石，如缚帚焉。大石桥北趣入乌桕中，渐见红叶。登阁拜厉太鸿栗主，饭于僧房。易小舠绕出庵后。一色秋林，水净如拭。西风排竹，人家隐约可辨。溪身渐广，弥望一白，近涡水矣。

涡水一名南漳湖，苇荡也。荡析水为九道，芦花间之。隔芦望邻船人，但见半身；带以下，芦花也。溪色愈明净，老桧成行可万株，秋山亭亭出其上。

尽桧乃趣余杭道，遂棹船归。不半里，复见芦庵。来时遵他道纡，归以捷径耳。

是行访江村高竹窗故址，舟人莫识。同游者为林迪臣先生，高啸桐、陈吉士父子，郭海容及余也。己亥九月。

西湖雅言（节选）

俞陛云

古往今来，名家大师游西湖者不胜枚举，遗留的诗文画作、逸闻趣事也是数不胜数。山水之色，亭榭寺观，四季繁花……说不完的风光，道不尽的美丽，不需深思熟虑，皆是爱意。

西湖山脉，自天目山来，旧传谶记有云："天目山垂两乳长，龙飞凤舞到钱塘；海门一点巽峰起，五百年间出帝王。"钱武肃王有国时，不欲其语闻之中原，更其末句为异姓。苏东坡作《表忠观碑》，特表其事，首曰"天目之山，苕水出焉，龙飞凤舞，萃于临安"，即用谶语也。

宋绍兴淳熙之间，颇称康裕，君臣耽乐湖山，无复新亭之泪；故林升有"暖风熏得游人醉，便比杭州作汴州"句，论者遂以西湖比西施之沼吴。张志道诗云："莫向中原夸绝景，西湖遗恨是西施。"为南京慨也。

西湖游船，大小皆黑色，犹是南宋遗制，望之点点，如黑鸬鹚。见明王稚登《客越志》。

元至正间，西湖冰合，人在冰上行走，故老云六十年前，曾有此异。见《委巷丛谈》。

楼攻媿《观西湖竞渡》诗："二分烟水八分人。"想见当时竞渡之盛。

西湖雪景最佳，凌云翰有雪湖八咏：曰灵鹫雪峰、冷泉雪涧、巢居雪阁、南屏雪钟、西泠雪樵、断桥雪棹、苏堤雪柳、孤山雪梅。见明田汝成《熙朝乐事》。

西湖竞渡，宋时最盛，自二月八日为始，而端午尤盛，是日画舫齐开，游人如蚁，龙舟六只，俱装十太尉七圣二郎神杂剧，饰以彩旗、锦伞花蓝、闹竿鼓吹之类。帅守在一清堂弹压，立标竿于湖中，挂锦采银碗、官楮，以赏捷者。有一小节级披黄衫青帽，插孔雀尾，乘小舟横节杖取指挥，以彩旗招诸舟，金鼓齐鸣，分为两翼，远近排列成行。再挥以旗，诸舟竞发，先至标所者取赏，声嗗而退，余舟皆犒以钱。

南渡以后，都城自收灯节后，贵游巨室，争先出郊，谓之探春，至禁烟节为最盛，等于端午。龙舟皆彩旗叠鼓，交午曼衍，粲如织锦。内有经御前宣唤者，锦衣花帽，自别于众。京兆为立赏格，内珰贵客赏犒无算，士女两堤骈集，几无置足地。水面画楫比栉，亦无行舟之路，欢歌箫吹之声，振动远近。至午则诸只皆至里湖，傍晚泊断桥，千舫骈聚，粉黛罗列，桥上少年，放纸鸢以相钩牵，线绝者为负。爆仗起轮走线之戏，多设于此。至月上渐散，绛纱笼烛，车马争门而入，日以为常。张武诗云："都城半掩人争路，犹有胡琴落后船。"盖纪实也。

西湖擅名，虽盛于唐，然题咏自白舍人、张处士外不多见，惟杜荀鹤、方玄英、温飞卿诸诗称赏之。杜诗云："两岸雨收莺语柳，一楼风满角吹香。"方诗云："云藏吴相庙，树引越山禽。"温诗云："钱唐湖上春如织，渺渺寒湖带晴色。"皆言其风物之胜也。

于忠肃公祠墓在南山，易代后过者咸深敬仰，其断简残篇，流传人口，如："谢客只容风入户，卷帘时放燕归梁。""萧涩行囊君莫笑，独留长剑倚青天。""风穿疏牖银灯暗，月转高城玉漏迟。""岸帻耻为寒士语，调羹不用腐儒酸。""渭水西风吹鹤发，严滩孤月照羊裘。""一团清气难随俗，数瓮黄齑足养廉。"其孤介之操，闳雅之才，略见于诗，不仅诗以人重也。

西湖游船之命名，有以姓者，有以形者，有以色者，有形色杂者。朱竹垞有《说舟》一篇，厉樊榭增益数十事，为《湖船录》。

杨铁崖首倡西湖竹枝词，和者数百家，颇有佳句；惟崑山郭义仲以吴中柳枝词答之，因赋诗云："说与钱塘苏小小，柳枝愁是竹枝愁。"

宋时新年灯火最盛，鳌山灯品，以苏灯为最，其圈片大者径三四尺，皆以五色琉璃造成山水人物花鸟。福州之白玉灯晃耀射目，新安所进圈骨皆琉璃，号无骨灯。西湖诸寺皆张灯，明星万点，照耀湖山，以三天竺灯为尤盛。宫禁所赐，贵珰所施，备极新奇，都人群往观之，妇女盛妆出游，衣皆尚白，因灯月所宜也。

西湖才女之著名：曹妙清，字比玉，号雪斋。能鼓琴，行草书皆有法度。事母至孝，三十不嫁，风操可尚。张妙净，字惠莲，号自然道人。初居西湖，晚居姑苏之春梦楼。皆一时名媛。与杨廉夫为文字友，曹尝和其竹枝词云："美人绝似董娇娆，家住南山第一桥；不肯随人过湖去，月明夜夜自吹箫。"张诗云："忆把明珠买妾时，妾起梳头郎画眉；郎今何处妾独在，怕见花间双蝶飞。"二人之风致可想。廉夫答妙清绝句云："红牙管蘸紫狸毫，雪水初融玉带袍；写得薛涛萱草帖，西湖纸价顿能高。"玉带袍者曹氏佳砚之名，写萱草帖者，状其孝也。

宋时西湖之"苏堤春晓"等十景，已盛传于时，帅参王洧有西湖十景七言绝句十章，颇工。后之作者，以千百计。

恽南田题《西湖夜泛图》云："湖中半是芙蕖，人在绿云红香中来往，月光与水相涵，若一片碧玉琉璃世界，拍洪崖游汗漫，未足方其快也。"见《南田画跋》。

钱竹汀有游湖上诸刹怀古德诗；如虎跑寺之寰中，法相寺之行修，灵隐寺之慧理，凤林寺之道林，皆高僧也。见《潜研堂集》。

贾似道葛岭园林，有在山椒者，题曰"风月无边"。见《齐东野语》。西湖诂经精舍之第一楼，有额题"风月无边"，为彭刚直公所书，光绪间毁于火，今知者鲜矣。

宋时西湖亭榭寺观，所画山水，多萧照、李唐二人之事。萧在太行山为盗，一日掠行客，遇李唐，囊皆画具，叩其名，乃夙慕之。萧照遂弃盗从，李尽以所学授之。

高彦敬，字房山。尝游西湖，见素屏雅洁，乘兴画奇石古松，后数日，赵文敏见之，为补丛竹。后虞文靖题诗其上，云："不见湖州三百年，高公尚书生古燕。西湖醉归写古木，吴兴为补幽篁妍。"

天竺寺僧若芬，善山水，求者日众，若芬曰："世间宜真不宜假，如钱塘八月潮，西湖雪后诸峰，极天下伟观，二三子当面蹉过，却求玩老僧数点残墨何耶？"其时净慈寺僧惠崇善山水，六通寺僧梦窗善龙虎猿鹤芦雁，长庆寺僧慧舟善小竹，虽千百成林，而不见冗杂。上天竺僧仁济字学东坡，竹学俞子清，梅学杨补之，自云用心四十年，作花圈稍圆耳。胜地名蓝，高僧辈出，不易得也。

游宴最盛者为涌金门北之丰乐楼，以其舟车均便也，建于淳祐九年，瑰丽峥嵘，俯瞰平湖，千峰连环，一碧万顷，柳汀花坞，历历栏槛间。游桡冶骑，菱歌渔唱，往往会合于楼前。至元末始毁。踞湖山之胜，极士女之娱者，垂二百年。

唐长庆初，禅师圆修居于定业院，栖息松上，有鹊巢其旁，人鸟相忘，人遂呼为鸟窠禅师。白乐天守杭，往参之，曰："大师所居甚险。"师曰："太守险。"白曰："弟子何险之有？"师曰："心火相构，识浪不停，得非险！"乐天深服之。旧名来鹊寺，明宣德间改建凤林寺，圆修骨塔存焉。

湖上群山，其岩穴幽深者如金鼓洞，以伐石者闻其下有金鼓声得名。黄龙洞以松上有蜿蜒物，其气勃然而黄，故名黄龙。他若紫云、烟霞诸洞，皆天然石穴，莫详其始自何年。惟北山之栖霞洞在妙智庵左，地多怪石，隐翳榛莽中，宋贾似道见而异之，命施畚插剔幽而入，见益奇邃，其中穹然如夏屋，双石相倚为门，风从谽谺而出，寒栗不可久留。仰视左穴，有四五通明，大者圆径丈许，山中诸洞，惟此洞以人力搜剔而出也。

西湖莲花有红白二种，白者香而结藕；红者艳而结莲。瞿宗吉诗云"画阁东头纳晚凉，红莲不及白莲香"者是也。

西湖所产菱芡之类，两角者为芰，四角者为菱。红者皮薄而鲜美，东坡诗云："乌菱白芡不论钱。"但乌菱老而沈泥者，颇不佳，不若改乌菱为红菱，于西湖更切。

金鱼，宋初甚少，至南渡始盛。西湖南屏万工池，有金鱼，东坡诗："我识南屏金鲫鱼，重来抚槛散又余。"其后惟玉泉最盛，大者长二尺。吴山大井中有金鱼数十头，父老云已一二百年，从无施食，兼以寒泉阴窦，仰蔽天目，而久久犹存，殆神物也。

孤山梅花，以林和靖著名。然唐时孤山有梅花，白乐天《忆西湖梅花齐萧协律》诗云："三年闷闷在余杭，曾与梅花醉几场。伍相庙边繁似雪，孤山园里丽如妆。"则唐代已见赏于名公矣。

西湖白梅外，更有红梅、腊梅，皆见东坡诗。腊梅色黄白，酷似蜜脾，檀心为上，磬口次之，花小而香幽淡。东坡诗云："万松岭上黄千叶，玉蕊檀心两奇绝。"但花时已叶落，不知何以云千叶也。

世所奉观音，多作白衣大士像，惟西湖有黑观音堂，在集庆寺之东。弘治间，太监张庆游山至此，见黑衣女子行入此庵，索之不见，见座中有黑漆观音，礼拜而去。自此香火遂盛。

杭州内外及湖山之间，唐以前为三百六十寺，钱氏立国，宋代南渡，增为四百八十寺，海内都会寺院，未有加于此者。僧之派有三：曰禅、曰教、曰律，今之讲寺，即宋之教寺也。中天竺寺为禅院十刹之一，上天竺下天竺寺为五山教院之二。杭州西湖之昭庆寺、六通寺、法相寺皆律院，不在五山十刹之列，大抵僧家以禅刑为宗旨；而教所以致禅。苏子由云：禅虽诃教，终以教致禅，禅若不敢教，是杜所入门。教而不知禅，是不识家也，律则慎摄其威仪，涵养其智定，禅与教所兼资焉。

唐时天竺寺、孤山寺，榴花皆极盛，本名安石榴，亦名海榴。白乐天天竺寺诗："宿因月桂落，醉为海榴开。"孤山寺诗："山榴花似结红巾，容艳新妍占断春。"钱武肃名镠，当时讳石榴为金樱。

杜鹃花湖上诸山皆有之，宋时惟菩提寺南漪堂最盛。今南山一带，春时吐萼，笼崖被涧，灿如霞绮，俗称映山红。

西湖图作者甚多，难得佳者，摹景则滞，离景则虚，惟戴文进所绘最为超脱。元时有玉涧僧作西湖图，但写意而已。刘伯温以长歌题之。其后洪静夫藏有西湖图四幅，款云李嵩作，寺观峰坞，皆有标题，工巧绝伦，盖进御物也。

西湖有酒馆而无茶坊，富家燕会至湖上，有专供茶事者，曰茶博士，王希范有赠西湖茶博士诗。嘉靖二十六年有李氏者，忽开茶坊于湖滨，饮客云集，远近仿之，旬日间开茶坊者五十余所，徵逐酣歌，无殊酒馆，特以茶为名耳。

童御史巨乡行乐湖山，手构一室，栋宇略具，护以箬幕，小可卷舒，出则携之，或柳堤花坞，赏心处便席地布屋，吟酌其中，题曰"云水行亭"。又编巨竹为桴，放湖中随波流止，风清月皎之夕，吹洞箫芦苇，泠然有出尘之想。题曰"烟波钓筏"，渺然若莲叶仙人也。

南湖净慈寺，有高阁，凭虚而出，可瞰全湖，学士钱溥赋诗，有桥字韵，和者百余人，皆未稳帖；惟僧法聚和云："天空水月三千顷，春老莺花十二桥。"盖西湖水面凡三千八百亩，而里六桥外六桥，于湖景最切云。

冷泉亭建于唐时，至宋时郡守毛友忽拆去之，其自叙云："昔人加亭于冷泉，如明镜加以绘画，山翠水光为遮去者过半，今拂拭蒙翳，顿还旧观。"作诗云："面山取势俯山中，亭外安亭自蔽蒙。眼界已通无障碍，胸中陡觉有真空。试寻橹响惊时变，却听猿声与旧同。万事须臾成怀里，我来阅世一初终。"夫湖上之胜，冷泉亭最为幽秀，白乐天、苏东坡极称赏之，独毛君以拆去为佳，好恶之不同如此。其诗有橹声句，冷泉乃涧水，不容舟橹，不知其橹声何来也？

宋时两宫夜游湖上，道经万松岭，索火炬三千，临安府尹赵从善仓卒无以应，乃取瓦舍妓馆各处芦帘，实以脂油，卷而束之，系于夹道松上，照耀如同白日。

沈石田以画山水擅名，尝寓西湖宝石峰僧舍，为求画者所窘，刘邦彦嘲以诗云："送纸敲门索画频，僧楼无处避红尘。"

二月十五日为花朝节。俗以二八两月为春秋之中，故以二月半为花朝，城内及西湖寺院启涅槃会，讲孔雀经，拈香者群集。二月十九日下天竺寺建观音会，倾城士女皆往，其时马塍园丁，竞以名花荷担叫卖。

宋孝宗游天竺灵隐，问僧净辉曰："飞来峰既是飞来，何不飞去？"答曰："一动不如一静。"又见观音手持数珠，问曰："何用？"曰："念观音菩萨。"问："自念作甚？"曰："求人不如求己。"孝宗大喜。

贾似道见一蜀僧徘徊湖上，因问曰："汝为何？"僧答曰："某诗僧也。"似道适见湖中渔翁，遂命赋之，僧请韵，贾以天字为韵，僧应口吟曰："篮里无鱼欠酒钱，酒家门外系渔船；几回欲脱蓑衣当，又恐明朝是雨天。"贾喜厚赠之。

宋理宗时尝制一舟，悉用香楠木抢金为之，至景定间，赐汉国公主。驸马杨镇，乘之泛湖，倾城聚观，为之罢市。是时先朝龙舟多沉没，惟小鸟龙舟赐杨郡王者尚在，相传此舟一出，必有风雨之异，他若不绿、间绿、十样锦、胜金羁等舟，皆民间物也。

宋以后湖船之制，较宋时差小，而槛窗敞豁，便于眺望；如烟水浮居、湖山浪迹等舟。其尤胜者，以关轮脚踏之舟。贾似道后，无仿为之者。

明正德间，日本国使臣经西湖，题诗云："昔年曾见此湖图，不信人间有此湖；今日却从湖上过，画工还是欠工夫。"西湖盛名，闻于海外久矣，故游湖者挹山水清辉，雅宜诗酒怡情，歌童舞女，已非本色，更以豪贵猩鄙杂之，所谓花上晒裈，松下喝道者也。宋范景文诗云："尽逐春风看歌舞，几人着眼到青山。"可针砭游湖上病矣。

西湖夏夜观荷，风露送凉，清香徐引，傍花浅酌，如对美人浅笑款语。秋夜赏月，则烟波镜净，上下一色，渔灯依岸，城角传风，万籁阒寂，惟有清奇之兴者尝之。高青邱有夏夜湖上观荷诗，叶梦得有夜泛西湖看月诗，皆能写其情景。

南北山幽谷竹林中产兰蕙，一干一花，而香足者为兰，一干数花；而香不足者为蕙，春时取置盆中，宿根移植腻土，多不服盆，供一时清玩。其茎叶肥大，乃自闽广来，非西湖山中所产也。

牡丹花，唐长庆间开元寺僧自都下携来，谓之洛花，宋时渐盛。东坡吉祥寺观牡丹诗，其后西湖寺观园林皆有牡丹，虽备各色，而粉红色独多。其一株百余朵者，出自昌化、富阳，湖上无此种也。

莼菜自越中湘湖来，四月初生者，嫩而无叶，名雉尾莼，叶舒长，名丝莼。西湖昔日无莼，宋沈文通送人守钱唐，有"从公醉紫莼"句，或自越中来者。田叔禾云，闻渔人言，西湖第三桥近出莼菜，不下湘湖，今则三潭印月及长桥一带，所产日多矣。

西湖诸山皆有杨梅，而烟霞坞、十八涧、东墓岭产者，肉松核小，味尤甜美。宋时梵天寺月廊数百间，其旁多植杨梅，东坡以西凉葡萄、闽广荔枝拟之。

西湖当大雪时，登南北两峰，俯瞰平湖城市，远眺江上，则大地山河，银融玉琢，当风迥立，欲羽化登仙矣。或放舟湖中，周览群山，若银涛耸涌，玉树琪花，晃然夺目，凌云翰雪，曲尽其妙。

杭州之观察

王桐龄

王桐龄此行历时四日，从西湖始，其间至玉泉寺、天竺寺、灵隐寺，于钱塘江及六和塔终。四日后，他基本环游了杭州，然后把一路琐事讲与我们听。

第一节　西湖

二十四日午前十点，偕佩青乘小船游西湖。

船为一人舟，细而长，前后尖，中间宽，横设座位四，至少可以容八人，两旁有木栏杆遮护之。不用篙与棹，行时以形似大木铣之棹拨之，土人名曰划橹。船夫名陆陈重，船号四百五十五，驻湖滨第三码头，在旅馆前，距离甚近。船上座位似大椅，中间有桌，有茶壶、茶碗，设备尚周到。每日赁价大洋一元，较之秦淮河中，每三四小时，需洋一元以上乃至二元之花船，价廉多矣。

十点，开船。循外湖东岸西北行，至断桥。断桥在白堤北头，为外湖与后湖——俗名北里湖，即白堤西孤山北之湖——之交通路。桥基旧甚高，嗣修白堤汽车路，将桥铲平改修，故桥身甚低，与平常桥无异，使断桥之名不副实，交通便利矣，未免杀风景也。历史上、文学上最有名之白堤，修成汽车路，为大官、巨绅、富商及纨袴子弟谋便利，带上许多俗恶尘氛气，考钟鼓以享幽人，殊觉不称。此桥当白堤北头，为西湖十景之一，称为断桥残雪。过桥即后湖。

西湖十景：一苏堤春晓，在苏公堤上；二双峰插云，在南北高峰；三柳浪闻莺，在涌金门外钱王祠畔；四花港观鱼，在小南湖西定春桥畔；五曲院风荷，在岳湖边跨虹桥畔；六平湖秋月，在小孤山东麓，外湖西岸；七南屏晚钟，在南屏山净慈寺；八三潭印月，在外湖湖心；九雷峰夕照，在南屏山雷峰夕照寺；十断桥残雪，在白堤北头。每处皆有清圣祖之御碑，构亭覆之。

余等循湖北岸，由东往西行，至兜率寺。兜率寺旧名大佛寺，一称弥勒院。门悬"兜率寺"匾额，系康南海书。大门正面祀弥勒，背面祀韦陀，侧祀三官菩萨。三官菩萨中国古装，系道教中之理想的神仙，与佛教无关系；混而称之曰菩萨，异矣。西湖边之寺，多佛道混合者，此亦中国特色也。正殿祀观音，旁多女像，为观音化身。殿后依山，山坡上称内院，正殿正面祀释迦，释迦前并奉弥勒像，左方偏后祀文殊、普贤，右方偏后祀观音、地藏，旁祀十八罗汉、韦陀及关壮缪，法相庄严。建筑虽不甚伟大，然前临湖，后依山，愈进愈高，有更上一层之感，殊觉别致。寺内旁院多楼房，可以租用，住客甚多。

十一点十分，至孤山。孤山在北里湖之东南隅，为宋处士林和靖先生隐居处。余等在山之西北面登岸，参观巢居阁、放鹤亭，阁与亭相傍，为和靖先生旧居。现在有小茶馆，可以品茗。阁后有和靖先生坟，前有碑，旁有鹤冢。

余等沿山西麓南进，至西泠桥畔，谒西泠财神庙。

庙内供奉莫明其妙之神像甚多，修饰极其华丽……

复沿山南麓，折而东进，参观盛氏宗祠、广化寺。此二处不甚宏大，然在他处已罕见矣。广化寺创于陈文帝天嘉元年，宋徽宗大中元年改修，易以今名，亦云古矣。

复沿山东麓，折而北进，参观西泠印社、左蒋二公祠、孤山公园、图书馆、阳明先生祠、三忠祠、徐烈士墓、苏文忠公祠。

西泠印社内多碑帖，孤山公园内多植物，最壮观瞻；其建筑皆前临外湖，背负孤山，愈进愈高，有更上一层之感。左蒋二公祠，祀左文襄公宗棠、蒋果敏公益澧。阳明先生祠，祀王阳明先生守仁。三忠祠，祀清末名臣徐用仪、许景澄、袁昶。徐烈士墓，为民国先烈徐锡麟埋骨处，陈伯平、马子畦之墓附焉。苏文忠公祠，祀宋名臣苏轼。

再北进为罗苑。罗苑俗名哈同花园，上海英国籍犹太商人哈同妻罗氏之别业也，傍湖而建，为华洋折衷式，亭榭甚多，极为宏壮。西湖周围，中国伟人、名流、官僚、政客、军阀、富商、豪胥之别业甚多，幽雅别致者亦不少，若以宏壮论，总不及此奸猾狡诈，素工心计，两层国籍外国商人女老板之别业也。

再北进为平湖秋月。平湖秋月为西湖十景之一，有水榭，可以赏玩湖光，内有茶社，可以品茗。

折而西，经过孤山路——孤山北面之东西马路，复回放鹤亭前登舟，缘里湖西岸南下，参观葛荫山庄、杨园。前者为沈氏别业，后者为严氏别业。庭院幽邃，花木繁茂，任人游览，概不取资。

西行通过西泠桥，复至外湖西岸。桥畔有苏小小墓，用大石砌成圆形，上有亭覆之，亭以石为柱，前有石碑，刻"钱塘苏小小墓"。稍南为武松墓，用大石砌成圆形，前有碑，刻"宋义士武松之墓"，有石华表一。再南为秋女侠墓，祀清末女士秋瑾，用大石砌成，墓顶有碑，刻"鉴湖秋女侠……"，是日正开工修理，下面为工人器具所遮不能见。复前进，西南行，过跨虹桥，入岳湖。湖面最小，因其西岸为岳忠武王墓地所在，故称岳湖。桥边有曲院风荷，为西湖十景之一，前临岳湖，有荷花十馀亩。

复西行为岳王庙。岳王庙为宋忠臣鄂忠武王岳飞祠。正殿祀忠武；左配殿为烈文侯祠，祀张宪；右配殿为辅文侯祠，祀牛皋。栋宇宏壮，庙貌庄严，联额甚多。正殿东西壁，嵌石刻"尽忠报国"四大字。其南为鄂王墓，忠武埋骨处也；旁为继忠侯墓，王长子云埋骨处也；皆用大石砌成，前有石碑，刻王父子爵号。墓前有肉袒面缚、双膝着地之铁像四，胸前皆刻其姓名，左为秦桧、王氏，右为万俟卨、张俊。墓后为王之家庙，正殿为启忠祠，祀王父赠太师随国公和，王母随国夫人姚氏，王与王妃秦国夫人李氏配享。殿左祀王次孙珂，右祀王幼女银瓶公主。东配殿为五侯祠，祀王子云、雷、霖、震、霆。西配殿为五夫人祠，祀王媳巩氏、温氏、陈氏、刘氏、萧氏。

午后二点，在庆元楼饭馆午餐，虾仁炒面一盘，三丝汤、莼菜汤各一碗，索价大洋一元六角八分，颇带敲竹杠性质。船夫极力怂恿客人吃饭，大约彼所得之回扣不少也。

二点四十分，复乘船南行，通过玉带桥，至里湖。此湖在苏堤西，岳湖南，小南湖北，俗名西里湖。沿湖西岸，东行里许，至汾阳别业。汾阳别业一名郭庄，院内有亭、榭、楼、阁、假山及山洞，颇缭曲幽深。有大池二，与湖水通，满种荷花，清香触鼻。此处为私人所有，任人游览，不取资。

折而东，通过苏堤之望山桥，复至外湖，参观三潭印月。三潭印月为西湖十景之一，面积不下十顷，为一大荷花池，周围有堤，植以杨柳。池之南面，有牌楼。由此登岸，有大石砌成之路，曲折北行。中间有关帝庙、先贤祠、明末先贤祠，三处俱有碑帖铺、照相馆，有小茶馆，可以品茗，并卖西湖藕粉。明末先贤祠本彭刚直公退省庵，民国成立，改祀清初先贤黄宗羲、齐周华、吕留良、杭世骏，建筑伟大，大门为水榭，架以大石筑成。后面登岸之处有牌楼，颜曰"小瀛洲"。潭之正门前湖心中，有石塔三座，形如瓶，漾水中，相传苏东坡刺杭州时，浚西湖，于湖中立塔以为标志，著令塔以内不许侵为菱荡。塔旁水极深，月光映潭，分塔为三，故有三潭印月之称。

四点五十分，登舟向西北行，参观湖心亭及阮公墩。二处俱在湖心，面积各不过数十亩，四围不衔接陆地。湖心亭较大，中有庙，祀湖神及南湖公主。阮公墩较小，相传为阮文达公抚浙时，开浚西湖所弃之土，惟其上无建筑，只有芦苇树木及稻田，无可观。

六点，还寓。晚，师大毕业生台州第六中学教员张哲农、王讷言，女师大毕业生安徽省立第五师范教务主任谭其觉，训育主任孔繁钧，小学主任柳介来访。

二十五日午前九点四十分,出寓。途遇师大毕业生台州第六中学教员夏建寅焕章,与同登舟,循外湖东岸南行,至涌金门,门已拆去,辟为马路。十点十分,至钱王祠,参观祠及柳浪闻莺。钱王祠旧名表忠观,祀吴越钱武肃王镠。祠前有大石牌楼,颜曰"功德坊"。甬路两傍,有大荷花池二。正殿正面祀武肃王,傍祀文穆王元瓘、忠献王弘佐、废王弘倧、忠懿王弘俶。两厢房贮许多石碑,表忠观碑与焉。后殿祀宋以后钱氏历代之名臣、学者。王,嵊县人,嵊县同乡近来募款修理祠堂,故栋宇甚华丽。西跨院有洋式楼房,每年夏季,嵊县教育界中人往往在此避暑。祠前右方为柳浪闻莺,亦西湖十景之一。

复乘舟南行,至白云庵。白云庵门前照壁,颜曰"漪园"。下有通路,为行人出入处。由壁至门为石甬路,两傍大荷池。院内梧桐高三四丈,芭蕉高过人顶,皆北方不常见者。正殿祀观音、文殊、普贤,西跨院有月老殿,祀月下老人。

复登舟东行,至净慈寺。寺为后周世宗显德年间,吴越王钱弘俶所建。大门正面祀弥勒,背面祀韦陀;侧悬铜钟,高约五尺,径半之,厚约三寸,是为南屏晚钟,亦西湖十景之一。正殿正面祀释迦、药师、阿弥陀,背面祀观音及另外菩萨二尊。后殿祀千手千眼佛,两傍祀杂有道教思想之多神及罗汉。两傍房屋甚多,壁上多嵌石碑。院内植物甚多,有枇杷、桂、石榴、紫荆、樱桃、榆等树。西跨院有济祖殿,祀宋僧人济颠。殿内供桌前有运木井,相传建庙时,苦无木材,济颠祷于佛,有木材自井中出,取之不尽,至寺落成乃止，故名。殿宇甚宏大，地基亦宽敞，惟看庙者多酒肉和尚，问以各殿佛像名，了不能答。

出寺门，折而东北行，上山坡，约数百步，至雷峰塔，亦西湖十景之一，号为雷峰夕照。塔于十三年八月十七日——孙传芳入省城之日——已圮，仅馀残砖一大堆。相传此塔为吴越王妃黄氏所建，以藏佛螺髻发，故亦名黄妃塔。塔始以十三级为率，仅成五级，本印度技师所建，甚坚固。旧有重檐飞栋，窗户洞达，后毁，惟塔身岿然尚存。俗传塔砖避邪宜男，故游人争往取砖，又传塔土可以护蚕，故游人争往取土，积久塔基渐空，遂至于圮。迷信风气为害于古建筑如此，可慨也已！塔砖之中藏有经卷，塔圮之后，每日往观之人士，数逾万人，半为参观，半为盗砖，日久砖失落渐多，官府乃筑墙护之，现在残砖犹有存者以此，可惜也。

还登舟，西南进，入映波桥，至小南湖，参观花港观鱼、红栎山庄及小万柳堂。小南湖在外湖西，西里湖南，面积甚小，故名。其北与西里湖分界处有定春桥，桥畔有大池约十馀亩，其中大鱼甚多，是为花港观鱼，亦西湖十景之一。其北数十步为红栎山庄，本清高士奇之赐园，俗呼高庄。其南数十步为小万柳堂，本无锡廉泉别业，今归上元蒋氏，俗名蒋庄。高庄有亭、台、假山、池沼，院内荷花、竹林、大树甚多，极缭曲幽深之致，背面临西里湖，眼界甚寥阔，有茶座，可以品茗。蒋庄为洋式二层楼房，前临小南湖，眼界甚阔。二庄皆任人游览，不取资。

还登舟，出映波桥，至外湖，折而北，沿苏堤前进，通过锁澜桥，至西里湖，沿西岸北进，经过水竹居前面及蕉石鸣琴遗址，至丁家山，参观康庄。

水竹居为香山刘学询别业，俗称刘庄，为湖上庄墅之冠，与哈同花园相伯仲，现在房主人偕其如夫人数人纳福于此，不开放，故不得入。丁家山在其西南，上有冈阜，可以远眺，康庄在焉，南海先生之别业也。此山旧名一天山，南海因名其别业为一天园。登岸入园，沿湖岸西行，约数十步，为人天庐，路傍皆池沼，荷花盛开。又前行登山约数十级，至巅，有房五间，向南开，颜曰"开天天室"，室内贮外国古物甚多，南海先生休息处也。院内竹木成林，景象幽深，院内西偏最高处，有无顶之台，壁上书"寥天台"，可以俯瞰全湖，眼界极阔。

还乘船，折而东行，至压堤桥畔，参观苏堤春晓，亦西湖十景之一。此堤为宋苏文忠公守杭时所筑，故名苏公堤。宽约一丈，中间嵌以大石，宽约三尺；两旁各宽三丈，皆桑田。为外湖与西里湖及小南湖分界处。

第二节　玉泉寺

还登舟，沿苏堤北行，通过玉带桥，至岳湖，在岳王庙前登岸，循马路西行，约里许，至玉泉寺。玉泉寺山门，颜曰"玉泉清涟寺"。门内中间为石路，两旁多竹树，空气甚清。西行，南折，约里许，至大门。门内正面祀弥勒，背面祀韦陀，旁祀四天王。正殿额曰"大雄宝殿"。前面祀观音，后面祀千手千眼佛，旁祀十八罗汉。后殿额曰"西方接引殿"，正面祀释迦、药师、阿弥陀，正面左方偏后祀文殊，右方偏后祀普贤，旁祀罗汉。院内甬路旁有鱼池二，金鱼甚多。东跨院有二层洋式楼房，为岑西林别业。西跨院有龙王殿，殿前有大池一，鱼类甚多，金鱼有长至三尺者。殿后有珍珠泉，为一长方形之池，南北长约二丈馀，东西宽约一丈，池底常起水泡，形似珍珠，故名。

循原路回，登舟。六点五十分，还寓。晚，偕佩青、焕章赴钱塘路井字楼九号访师大教授章嶔厥生，值其旅行浙东未归，不晤而返。

第三节　天竺寺

二十六日午前十点半，偕佩青登舟西行，经过苏堤之压堤桥，至西里湖，经过汾阳别业前之卧龙桥入山溪——据舟子言，此溪无名，俗称西湖尾巴。此溪宽不逾二丈，两岸有堤，堤上皆树，堤外为稻田、荷田，风景甚丽。西行约半里，通过利涉桥，溪旁住有人家，是为茅家埠。自此舍舟登岸，步行而进，穿过茅家埠街道，右转入野径，路旁多桑树、稻田、竹林，间有富人、富豪之坟墓，沿途华表甚多。行约二里许，至黄泥弄，参观三天竺。

弄为一小市镇，有卖饮食者，有卖香纸者，皆为香客预备者也。三天竺寺门悬额曰"三天竺敕赐法镜禅寺"，门内正面祀弥勒，背面祀韦陀，旁祀四天王，与玉泉寺同。正殿正面祀万寿无疆牌——其后有幕悬之不知所祀何神，然以理推测，当系观音或白衣大士——背面作云山重叠形，祀观音，旁祀罗汉及道教中神像。后殿正面祀菩萨三尊，坐莲花上，背面祀菩萨三尊，立像，旁祀罗汉及道教诸神。栋宇华丽，庙貌庄严，香客甚多，往来者络绎不绝，上中下流社会之人皆有。

复前进为山路，路不陡，路旁竹树成林，涧水潺潺不绝。行约半里，至中天竺。此处路南为财神殿，北为三官殿。三官殿西为观音殿，再西为白衣殿，再西为中天竺之正门，颜曰"法净寺"，内设神像与三天竺同。正殿正面祀万寿无疆牌，背面祀菩萨立像五，旁祀罗汉及道教诸神。后殿正面祀千手千眼佛，背面祀二郎神，旁祀道教诸神。再后为藏经阁。前院有大池，池内金鱼甚多。有西配殿，祀白衣大士。其馀一切，与三天竺同。自此西行约里许，至上天竺山门，颜曰"头天门"，门左祀观音，右祀韦陀。自此前进不足半里，路左有圣帝殿，祀真武。复前行为上天竺长生街，路旁有人家、商店，其商居多以房名，如见心房、少泉房、天南房、白云幻西房、白云大名山老房、白云春山房等皆是，大抵皆卖香蜡纸锞及供神之具，各店柜台中间皆有龛，祀白衣大士。再进为普光门，卖食物之处甚多，皆供应香客者。再进为圆通门，入门后，右转，即上天竺。

上天竺正门向南开，颜曰"法喜寺"，祀弥勒、韦陀、四天王像，与三天竺同。正殿正面祀观音，背面祀观音、地藏与另一菩萨，旁祀罗汉，建筑略同三天竺。西配殿共有三处，祀观音与白衣大士。院内售竹器之小摊甚多，颇似北京庙会。

以上三处，皆祀观音与白衣大士，普通多混为一神。又谓白衣大士为白蛇化身，杭州为小说《白蛇传》之起原地，西湖十景中之断桥、雷峰，皆与白蛇有密切关系，故崇拜之如此。三处皆同一形式，观其一可知其二，不必全观也。

第四节　灵隐寺

午后二点半，还至三天竺，在寺对面之小饭铺燕喜堂吃面，聊充午餐。自此北行，约不足一里，至灵隐路，参观灵隐寺。

灵隐路街市繁盛，酒馆饭铺甚多。街北为灵隐寺大门，颜曰"灵隐古刹"，又曰"飞来峰"，一名云林寺。入门后前行约数百步，中央有石路，旁多古树，称灵隐功德林。又前进为春淙亭，跨涧水而建，顶为亭，底为桥。其旁有绝壁，甚陡，即飞来峰，峰之岩上刻佛、菩萨、罗汉及护法像甚多，雕镂精致，皆晋宋以来古物也。此处有洞，祀观音，上有小口，可窥天，俗名一线天。自此北行西折，约数百步，至寺之正门。门前有二亭，一曰壑雷亭，一曰冷泉亭，亭下有瀑布，水声淙淙不绝。门向南开，颜曰"敕赐云林禅寺"，门内祀弥勒、韦陀及四天王像，与三天竺同。正殿曰大雄宝殿，前面祀释迦、药师、阿弥陀，后面作云山重叠形，祀观音，雕镂之工，生平罕见，大体类似北京北海内之大西天、西山之碧云寺，而装饰之华丽，似犹过之，旁祀罗汉，殿宇极高，为他寺所不及。西为罗汉堂，祀五百罗汉，与碧云寺之罗汉堂相似。罗汉堂前有小径，穿竹林而过，为赴韬光寺之路，约一里有半。余以天气太热，人已疲劳，遂未往。其东配殿杂列许多偶像，兼儒释道三教中实在人物与理想的人物，并天神、地祇、人鬼，一处祀之。有功于地方者，如唐李邺侯泌、白文公居易、吴越武肃王、忠懿王、宋苏文忠公轼等，与赵玄坛、龙王、火帝真君、护法尊者等并列受祀，亦一怪现象也。

五点，回船。六点，回寓。

二十七日，在寓整理日记，前北京高师教授黄人望伯珣，师大毕业生浙江女子中学教员曹辛汉，师大毕业生李庆璠，及夏焕章、张哲农来访，辛汉将回嘉兴，谆嘱归途在嘉兴小住。

第五节　钱塘江及六和塔

二十八日午前九点，偕佩青赴车站前羊市街华兴旅馆访伯珣。十点，乘三等车赴闸口，参观六和塔。

闸口站离杭州站，约一刻钟路程，三等车票价洋一角。闸口为省城东南最繁盛之市街，沿钱塘江北岸，长约十里。江面宽约十里，轮船帆船甚多，上溯严州、金华、徽州，下通绍兴、宁波，为浙江交通之中心点，商业繁盛。自闸口车站，步行沿江南进，约三里，至六和塔。塔在月轮山北面山坡上，开化寺内，寺不甚大而塔甚高，共十三级，高约十丈以上，每二级为一层，内容共六层，连顶七层，每层各有佛教及道教中画像、造像，中央以大石及砖砌成，周围以圆木柱支之，周围各有走廊。登最高层廊下，俯瞰钱塘江南岸，眼界极空旷。塔基作八角形，直径逾十丈以上，最上层之中央，以一根圆木柱支塔顶。

十二点三十分，雇妥人力车二辆，穿闸口市街至江头，进凤山门，穿城内市街回湖滨路。三点，还寓。

西湖纪游（节选）

舒新城

未曾防备，来这里，原只是为了完成心中长久来的念想。而今，猝不及防中，你当之无愧地成了心中不可抹去的存在。"我"想告诉每个人，来杭州，来西湖，你会遇到最好的山水！

一　西湖我的姊姊

西湖，我的姊姊！你是神怪的处女，我要永久伴着了你！

西湖，我的姊姊！我们都是自然的婴儿，同睡在自然的怀里。

西湖，我的姊姊！我愿化作游鱼，在你心里游戏！

西湖，我的姊姊！你是伟大的诗人，沉默中，给了我许多诗意。

西湖，我的姊姊！你是个快乐的人儿，为什么诗人见了你便要流泪？

上面是漪湖女士颂赞西湖的一首新诗。倘若你不曾到过西湖而有姊姊，你会因你姊姊的温存体贴想像到西湖的娇柔可爱；倘若你无姊姊而到过西湖，你便会因西湖的可爱而想到姊姊的必要；倘若你有姊姊而又到过西湖，你更会能证明西湖确是我们的自然的姊姊。

这位姊姊，确是一位神怪的处女，伟大的诗人，她谪居在人间的混浊的世界中不知若干年，一切的丑恶都围绕着她，甚至于向她进攻，然而她的圣洁仍然如故；她曾把她的圣洁供诗人歌咏，供庸人践踏，然而她本着她的伟大的胸襟、亲爱的精神，对于我们仍然一视同仁。倘若人间果真有这样的姊姊，我想谁也都愿投在她的怀里，而忘去了慈母的抚育，妻子的恩情。

二　到西湖去

这位自然的姊姊，在中国确实是一位可爱的爱神，唐宋而后，历代的名士美人、英雄豪杰、"生养死葬"于她的怀中者不知若干；近十几年来，虽然因时势的变迁，而染着一点欧化，然而她的本质还是继承着中国数千年遗传下来的元素，仍然不曾改变分毫。所以中国的词人骚客要寻求诗料，善男信女要朝拜菩萨，固然要去拜访这位姊姊；就是外国的学者游客也因要领略东方的精神文明而去拜访这位姊姊；至于佳人才子政客伟人之以她为销金窟、游戏场而去拜访她的更不待说。所以"到西湖去"在中国——最少是江南各省——差不多若干年来，就是民间很普通的一种口号。

我非江南人，然而西湖的可爱与当去，在十几二十年前便已深深地印入脑筋之中。

二十年前，我的私塾先生胡香泉师是崇拜苏氏父子而且醉心西湖的；所以"天欲雪时云满湖，楼台明灭山有无，水清石出鱼可数，林深无人鸟相呼"的西湖天国，当我幼年的时候，便已盘踞在我的心里，而常常随着胡先生"虽无双翼翔天空，也曾梦游到西湖"的长吟而梦游西湖了。

　　离开私塾以后，常常为学校的功课忙，很少有那长吟短咏的闲情，梦里的西湖也渐渐消沉了。谁料民国初元进了高等师范又遇着一位老师把我的西湖梦提起。这位老师是清末有名的经学家吴獬。当时我们都是些自命为科学大家、英国文学大家的青年，根本上不需要什么国文；可是我们的校长，竟因为他是有名的学者而特别延请来指导我们的国文。他的岳阳土话本不易懂，加以年老牙落，说话不关风，讲起书来更使我们莫名其妙。然而很奇怪！每逢讲苏子瞻白乐天的诗歌，他总要提起精神滔滔不绝地赞美其西湖，我们也无头无脑地听得津津有味！他因为足迹几遍天下，独未至西湖，视为毕生遗憾，而有意无意之间嘱我们必到西湖一游。于是我的西湖梦，又不时在脑海中浮现。

　　自民国十年迁居江苏而后，便常常偷闲游西湖，"到西湖去，"在我不仅是一种口号，而且多次实行了。

三　投到情人的怀里去罢

　　西湖虽然游过多次，然而我所知道的不过是她的装饰罢！她的心灵，我知道是内蕴在最深的灵府里，但是，忙于生活的我，何处能得充分的时间与充分的金钱去体验她的内蕴。所以每次游西湖总是充满了愉快的希望而去，赢得满腹的惆怅而归。当我念到得不偿失的时候每至忿而誓不再游西湖；可是，一有机会，便又徜徉于六桥三竺之间了。这样富有吸引力的西湖，岂仅是可爱的姊姊，而竟是圣洁的情人！

投到情人的怀里去罢！

我的生活本是水上的浮萍随风飘荡的，所以从来不曾想在何处作久居之计。可是七年前的南京，她那城乡兼备的风味，她那纯朴劳俭的习俗，她那东南渊薮的学府，她那低廉安适的生活……谁也都会赞美。就是我这四海为家、无处是家的人也择定了南京作为十年暂居之所。然而时势的变迁，有时甚至于比我们想像的变迁还快。自从南京改为首都以后，一切都有长进，而最长进的是房租与女工！未作首都以前，我们每月费十余元的房租，已可得一座很宽敞的平房，现在则一百元有时还找不着；女工呢？工资由每月二元加到五元且不说，你去雇人时，媒行（上海称荐头行，杭州称中人行）老板蹙着眉头说十几日或者一个月无人上门，那真是无法可设。至于其他的一切，其长进的速度，虽然不至照房租般十倍地增加，但是平均算来，也在两三倍以上。我们这些靠笔耕为生的人的收入当然不能跟着它们长进，甚至于每每因为首都所附带的种种消费（例如会朋友）而将工作的时间占去，收入反而大大地减少。

在这种种压迫的生活之下，若不能为国宣劳，占着政府的一把交椅而得点额外的收入，只有"逃之夭夭"之一法了。

所以自南京改为首都而后，肩膊上的负担好似千钧重一般，而有意无意之间，常常怀着"迁地为良"的念头了。

但是，人终究是惰性的动物！

十六年三月以来，虽然常常怀着"迁地为良"的志愿，但是终于不曾迁动一纸一笔；虽然于不胜压迫的时候愤然说立即搬家，然而在十七年九月以前，仍然还是安居在黄泥冈何家花园一动也不动；而且在十七年初听得拆屋修路的消息，口里虽说希望他们把我们的寓所拆去以便搬家，心里却时时刻刻希望它"万寿无疆"。谁料弄假成真，八月初果真得到房东转来公安局的通告，我们的寓所，果真要在一个月内拆去了。

寓所要被拆，只好搬家；但是搬到何处去呢？

我们早已知道南京不是我们所能居；但是终为惰性所驱，而空费许多气力看过几所我们所不敢问津的房屋。最后眼见到拆毁的日期一天逼近一天，于是决定搬出南京。

为着书籍的累赘，同人的牵制，不得不作大规模的搬迁；但是究竟搬到何处去呢？实是我们十余人累次商量而不能解决的问题。最后，只得由我亲自去上海、去苏州、去南通，结果一处都不相宜。经过种种曲折，卒决定投往情人的怀里。

我们最初亦曾想到这位可爱的姊姊与圣洁的情人，只为路途太远，运费太大，所以不敢轻于尝试。等到无可如何的时候，也只好忍着现在物质上的苦痛，浩浩荡荡地，奔向她的怀中，以求精神未来的安慰。

这是我们现在得日亲这位西子香泽的由来。

四　到杭州

我们是由南京直达杭州的。虽然到杭州已在夜间十二时以后，但有朦胧的月色、轻飘的秋风，伴着我们长征；我们又十余人占据一节车厢，无拘无束的自由谈话，所以也不曾感着旅途的寂寞。

我们在城站旅馆草草住过一夜，第二天清早便搬到寓所去。我们久居在行人如蚁、风沙蔽日、汽车满街、黄白满巷的南京，忽然来到这微尘不扬（适夜间下雨）、门整户洁的杭州，不知不觉之间，感着了无限的爽适。就是七十五岁的刘老太太、不及十岁的湘、淞，也说杭州可爱，而表示无限的欢愉。

我们的寓所是上海式的洋房，地面自然不及我们南京旧寓的宽敞，但是除了我们所住的一排房屋而外，前有菜园，后有桑林，右有宽大的校场，虽然左面近大街，然而有此三面的调剂，也觉得高出上海的鸽子笼一筹。而前楼斜对着高耸的保俶塔，时常给我们以振作的暗示，使我们坦然地努力向人生的旅途前进。至于湖上的云烟变化，更可由她反映出来，使我们不在湖滨而能领略西子化装的神妙。所以到此而后，大家都有"出幽迁乔"之感，而将故人的南京忘去了。

五 湖上中秋

我们是中秋前三日到杭州，为着行李的收拾，竟无暇拜望西湖。中秋的一天，我们照例得休息的，很早吃完晚饭，大小六人携着手走向湖滨公园，预备赏月。

湖滨公园是以沿湖之滨宽约五丈长约一里的地方为基址。背倚市场，面对湖水，于绿荫夹道中，设置座椅若干，便利游人坐憩静赏水光山色。

所以游客居民常集于此，以为休憩消闲之所。

湖滨公园很可爱：因为她面对青山绿水，可以涤荡你的尘垢；有倦燕归巢般地游船往来湖上，可以引起你的遐思。游人虽然有时也很拥挤，然而有水光山色吸引你的注意力，绝不会使你觉得他们喧扰；虽然靠近市廛，但绿荫蔽日，茵陈铺地，绝不会使你感觉是置身市廛中。倘若你有素心人同在，对坐椅上或席踞石上，谈你们谈不尽的情话，那些往来如织的游人，也绝不会走近你们或特别注视你们而扰乱你们的天国；若果谈得倦了，要喝茶吃点，不几步便可以得着很合适的地方。若果你是关心社会问题的人，你尽可以终日坐在那里，留心各色各种的人的言语行动，慢慢地归纳起来，做成一部大的社会学。若果你是"身在江湖，心在朝廷"的人，你也可于静观万物之余，于下午二三时向卖报童子，买一两份上海当日的报纸看看，使你对于你祖国故乡的情形不至因远游而隔膜。倘若你真要拜倒西子裙下，整日整夜坐在那里，也决无其他公园有所谓开门关门时间的麻烦，更绝无什么人来干涉你；而且你饿了或是渴了，只要不是时疫盛行、或者你的消化力很强，尽有许多可口的点心与水果由小贩手中源源供给你；而且朝霞暮云，淡烟微雨的变化无穷，只要你有时间在那里卜昼卜夜，也决不会使你感到倦怠的。

湖滨公园是这样媚醉人意的处所，无怪乎拜访她的无时或绝。

我每次游西湖，都得在湖滨公园盘桓几时，然而从没看过湖上的中秋。

今日我们到湖滨，太阳还羞答答地隐藏在宝石山后面，他的霞光正在与吴山顶上的月霞争辉，把湖上的绿水，映成如火一般地赤血；而沿岸的灯光，也如萤火般跟着天上的星光映在水中随波荡漾。我们自以为去得很早，但是先我们而去的男女老少已不知有若干；我们沿湖徘徊很久，始在三码头的旁边得着一个坐位。

我们坐下，便有舟子来兜船，谓中秋月宜在湖中看，且谓取值甚廉，荡至十二时，只要六角。瑞以小孩们衣服单薄恐经不起湖上凉风，乃止而静观吴山月升。

月将升时，吴山之巅宛如晚霞，忽而青光一道散射在山巅的房屋草木之上，隐约映出城隍庙的雄伟，紫阳山的高耸。起初它们的倒影尚与宝石山的平分湖水，后来，太阳渐沉，宝石山渐缩，卒至吴山伸首到宝石山下；而游船往来其中，俨如织女投梭，将月光所映出的银丝，一根根挑动，使我们旁观者目眩心惑。那位娇弱的月姊姊也就在我们眩惑之中，完全露出她的色相了。

月升以后，游人更多，不独座椅石凳上满坐是人，就是草地与假山上也到处有人满之患；西湖中的游船，更如春泛的游鱼，衔尾并翅而行，围环着三潭印月与湖心亭徘徊容与。

我们沉醉在西子的怀里，默然不语。就是小孩们也眼睁睁看着月光船影，枯坐不动，一变平日嬉笑的常态。虽然游人常从我们的面前经过，但是始终不曾扰乱我们的注意力，就是欸乃声声，蟋蟀唧唧，也一点点一丝丝印入我们的脑中。

我们看见许多高人雅士，带同娇妻爱子，携着樽酒月饼，从我们旁边的码头上雇舟夜游。他们有些将船放乎中流，任其所之，惟在其上开樽玩月；

有些匆匆忙忙，驱舟子回绕三潭印月而返；有些不问所向，惟听舟子容与；有些蹲踞舟中，引吭高唱，笑傲湖山。而箫声琴声歌声更与欸乃声水波声如断如续地在相唱和，使我们累年的浊思，一一为这声声洗涤净尽。回想我们去年在烽火的南京过中秋，真有天堂地狱之别。我们乐不思返，而最小的湖儿却被这月色水光陶醉过甚而入睡乡了。

我们再慢慢地步向公众运动场绕仁和路、龙翔桥而返，已是十时一刻了。

这一次的中秋，我们不曾飞觞醉月，也不曾荡舟湖心，只看看他人怎样在湖上畅游，好像是太辜负了。然而除去在吴淞观海的一个中秋外，十余年来，实以此次为最乐。

....

七　广化寺里

到了杭州许久，从没通知一个友人：这并无什么意见，只是觉得不必多事而已。但是住在广化寺的孙俍工夫妇，我们却早想到不可不去一看。

我们去的那天是星期日。骤然相见之下，彼此对于两方所有的大群人口都有点出乎意料之外的惊喜：我们有四个小孩是他们所知道的，然而决不料同时能去看他们；而他们除了原来的两夫妇外，有堂妹，有堂弟，有堂侄，并都有老父，除去俍工的书记童女士以外，人口的总数比我们还多。

因为许久不见，大家都想久谈一会，俍工夫人，并要请我们吃午饭。

可是她之曲背如故，不能自由动作如故，不能操持家务如故；而倪工之大腹便便、怡然自得的神态则较前更为过之。

我们一面说着过去现在未来的事情，一面看他们男女老少合作烧饭，孩子们则排着队时而跳往楼上，时而跳向楼下。倪工的生活本来是很随便的；书桌上的凌乱本足与闻一多和我的比赛，而室中其他的杂沓较我们尤过之。这次有四个孩子时来时去，打出打进，床上地下的纸片弄得如天女散花般地飞着，而洗来未久的白被单，都被他们踏上几只灰黑的足印。孙夫人看得他们叫阿弥陀佛，他们也说阿弥陀佛。倒是两位老者看得他们有趣，吃饭的时候，还特别拣几件好菜给他们以为奖励。

他们的饭真不容易得吃！第一是材料不够吃，第二是锅子和灶头不够大，第三是碗筷不够用，第四是椅凳不够坐。他们想了许多的方法和和尚及同住的通融，到了下午二时，总算得饭吃了。可是结果还使两位厨子讲究卫生，不敢吃饱。

我们看见他们所住的房间的局促而价昂，很感着不便。问他们何以要住在这里而不住在城里，他们说市内的空气既不好，一切又须自备，这里有现成的用具而且灰尘多（楼上楼下三间均临马路，公共汽车往来不绝）可以将灰当雾，坐在楼上饱看雾里湖山。这种奇妙的答案，恐怕不是一般人所能了解，但是我能明白，而且深深地明白是他们"浮生"的人生观所应有的结论。

八　玉泉观鱼

饭后，大家走往清涟寺，寺内之玉泉观鱼，为西湖有名的胜迹，远道游客大概都要去看看的。

何以叫玉泉？据《杭州府志》说："灵悟大师说法于此，龙君来听，为之抚掌泉出，遂甃为池，方广亩许，清澈见底，旱潦不盈竭，流出山外，灌田千顷。"由此看来，龙君抚掌能出泉，其神通固然广大，而灵悟大师能使龙君来听讲，其神通尤大。实则清涟寺背倚桃源岭，山中泉水集而成池，不过因寺与蓄鱼而出名而已。

但是这样的神话，这样的设置，我都不反对：因为它最少能使我们想像出更神于龙君的奇迹以慰安自己，同时也能使我们见若干所不常见的鱼。

鱼得水自然是很乐的，有泉水想当更乐；庑上题着"鱼乐国"的匾额，不独表示鱼乐，而且表示它们是别有天地。小孩们看见那些红、黑、花、白长盈数尺的种种鱼在池中优游自得，也感着无限的愉快，而向母亲要钱去买僧人们制就的鱼饵投向池中。这些鱼，也好像我们湖南辰州青龙滩上的乌鸦一般，都是专门吃白食的，专门等着人去供养；它们真太舒服！它们在动物中的地位很低，然而自称为万物之灵的人们却要为它们效驰驱，想来真是一件很滑稽的事情。

孩子们看得它们吃得很舒服而互相讨论它们的生活问题。他们最初都觉这些鱼比他们舒服，最后湘不同意；她的理由是它们虽然可以不劳而食，但是池太小，无论何时都不能出这方池一步，俨如孩子们犯了过为教师或母亲关在特定的房间一般，实在太不自由了。淞赞成之，惟宁独持异议；他以为这些鱼若果也和别的鱼一样在湖里海里优游自得，我们那能看得着！更那能有这样的快乐！

孩子们的议论都有道理。但是，孩子们，我愿意你们都记着自由的宝贵与这些鱼的不幸；同时，我更愿意你们都记着自由与依赖是相冲突的，要用自己的力量去求得自由。

九　西湖博览会

我们是九月二十四日到杭州的，不久便有西湖博览会的消息从许多人的口中传出来，到了十月下半月杭州的报纸便公布了关于此事的消息了。

博览会是我们常在报纸杂志看见的新闻，但真正的博览会，我们却从未见过；虽说不久也在上海看过国货展览会，然而不是博览会，尤其不是西湖的博览会。

西湖，在我们看来，已经是可爱的姊姊，圣洁的情人；博览会，我们也想到是一种最可人意的玩意儿，（这玩意儿三个字，系表示我们爱好达极点的情调，并不含有不敬之意，特先声明，）将西湖与博览会连在一起，而又在杭州、在我们迁到杭州以后的时间开会，我们听得这消息便日日祷告它实现；及在报上看得这样的新闻，更是手舞足蹈地喜不自胜了。

我们这次到西湖已在深秋，湖上的水、湖滨的树、湖外的山，虽然也照常在那里波荡着、摇曳着、耸立着欢迎我们，但是总不免有几分凋残的现象；而孤山的梅林，白堤苏堤的道路也因为年年攀折、年年摧残而现出畸零老病的神态；尤其是里湖的道路，数十年来还是顽石当道，崎岖不平。倘若有博览会，我想西湖的一切都会为之一变：最少几条马路，几处名胜总会打扮得如花枝招展的少女一般，使游客陶醉在它们的怀里。

秋的西湖，在我们看来，已经算是亲爱的姊姊，圣洁的情人了；倘使这位姊姊与情人于春风习习，百花醉人的时候，又穿上最新的时装，冉冉融融地在我们面前逦迤展转；你想我们的心神将陶醉得成什么似的！

所以我们自看得西湖博览会的新闻而后，便无时不在期望它速速降临。

十　职业的游西湖

这个题目太特别了，难道游西湖也可以成为"职业"吗？但是，我有一种解说。

所谓职业，在我看来，只是"自食其力"而已；倘若我游西湖，不是以消遣为目的，而是自食其力的一种工作，当然也可称为职业的。

无论什么事情，只要是职业的，总要受多少限制，不能如非职业者之自由自在。但是游西湖而成为职业的，反可以因其限制而得着自由游览者所不能得的好处。譬如说：灵峰寺的梅花，西溪的芦花，花坞的竹径，五云山的陡峻，都有其异于湖中、湖滨各地的特点，但是自由游览者，很少能完全游到，纵能游到，也少有对于它们的种种特点为详审的考察而沁彻其风味的。即如我，号称游过西湖者，总有七八次，然而游踪所至；总是不出湖中、湖滨的几处地方。虽然从《西湖指南》的书籍中知道有所谓云栖、九溪等等幽邃的地方，但始终不曾去过；就是湖中、湖滨的几处胜景，也是乘兴之所至随便流览，更每每把它们的好处忽略过去，而反将糟粕当精华。所以西湖的外形，虽然不时可以浮现脑中，但问到她的精英竟在何处，我仍是茫然不知所对。

但是这一次受了西湖博览会的恩赐，竟使我自食其力地详详细细将湖山游遍了。

十一月初，陆费伯鸿君从上海到杭州，筹划中华书局参与博览会的事情，便道过访。这位先生的肠胃最妙，每次喝到西湖的水，一定要"拉稀"，他到我寓所的时候，正是他彷徨无所适从的时候。我们家里无特别的设置，只好将马先生移到我的暗室里，请他权在暗室解决他的问题。他于是由暗室而联想到我在上海同他购返光摄影器的事情，联想到我们三月间同游吴淞摄影的事情，更联想到西湖博览会的广告问题。走出暗室之后，便大声说："我现在决定请你作一件事情，而且料定你是决不迟疑而极高兴会答应的。"问其所以，则说要请我摄一本西湖风景集。

摄影自然是我所高兴的，但是我摄出来的照片是否合于出版家的需要还是一个问题。我们谈了许久之后，在美与真的方面很难得有两全的办法，结果只得照他的意见先摄一册《真的西湖》，再照我的意见，更摄一集《美的西湖》：前者权视为我的职业，后者则为我的作品。为着朋友的情谊、摄影的兴趣，终于只得这样办理了。

自此而后，每有暇日，必得出去拜访湖山，更必得有计划地将所谓名胜古迹的地方一一拜访到。于是远在西湖数十里外的云栖、小和山、游人所不到的云居山、蝙蝠洞等等地方，都成了我的故交而一次二次以至多次拜访过，西子的香泽也由观察而体验着；这篇《西湖纪游》的楔子，也更因此而产生了。

十八年三月一日杭州

湖山怀旧录

张恨水

在张恨水先生看来，江南山水之胜者，难以忘怀的总少不了西湖。漫长的西湖游记，等待文字的降临，去讲述此处的别样风景。而我寻遍万千词语，只为将这一切赠予给你。

（一）

恨水不敏，行已中年，无所成就。年来卖赋旧都，终朝伏案，见闻益寡。当风景月夕，抱膝案头，思十八九岁时，飘泊江湖，历瞻山水之胜，亦有足乐者。俯首微吟，无限神驰也。因就忆力所及，作湖山怀旧录，非有解嘲，实思梦想耳。

谈江南山水之胜者，莫如吴头楚尾，所谓江南江北青山多也。大概江北之山，多雄浑险峻，意态庄严；江南之山则重峦叠嶂，风姿潇洒。大苏谓"欲把西湖比西子，淡妆浓抹总相宜"，则不但西湖如此，江南名胜，无不如此也。

西湖十景，山谷仅居其三，曰双峰插云，曰南屏晚钟，曰雷峰西照（原名雷峰夕照，清圣祖改"夕"为"西"，平仄不调，觉生硬）。而原来钱塘十景，则属山谷者较多，计有灵石樵歌、冷泉清啸、葛岭朝暾、孤山霁雪、两峰白云，盖十居其五矣。

双峰插云者，就西湖东岸，望南北二高峰而言。每当新雨初霁，一碧万顷，试步湖滨路，园露椅上，披襟当风，满怀远眺，则南北二峰遥遥对峙，层翠如描，淡云微抹。其下各山下降，与苏、白两堤树影相接，尝欲以一语形容，终不可得，若谓天开图画，则尚觉赞美宽泛不切也。

（二）

近年南游来者，辄道西湖之水，日渐污浊，深以为憾。盖其泥既深，鱼虾又多，澄清不易也，然当予游杭时，则终年清洁，藻蔓长，无底可见。而四围树色由光相映，遂令湖水成一种似白非白，似蓝非蓝，似碧非碧之颜色。俗称极浅之绿，曰雨天青，近又改称西湖水，其名甚美，惜今日已不副实耳。

南屏晚钟，宜隔湖听之，夕阳既下，雷峰与保俶两塔，倒影波心，残霞断霭，映水如绘。游人自天竺灵隐来，漫步白沙堤上，依依四顾，犹不欲归。钟声镗然，自水面隐隐传来，昏鸦阵阵，随钟声掠空而过，则诗情如出岫之云，漾欲成章矣。

西湖水景，除里外湖而外，则当推西溪，两岸梅竹交叉，间具野柳，斜枝杂草，直当流泉。小舟自远来，每觉林深水曲，欲前无路，及其既前，又豁然开朗。蒹葭缥缈，烟波无际，远望小岫林，如画图开展。两岸密丛中，时有炊烟一缕，徐徐而上，不必鸡鸣犬吠，令人知此中大有人在矣。

西湖为中国胜迹，文人墨士，以得一至为荣，故各处联额，无一非出自名手。孤山林和靖墓、林典史墓（太平天国之役殉难者，名汝霖）、林太守墓（清光绪朝杭州知府，有政声，名靖）前后相望，太守墓石坊上有联曰："树枝一年，树木十年，树人百年，两浙无两；处士千古，典史千古，太守千古，孤山不孤。"曾游西湖者，皆乐诵之。至于少保墓联："赤手挽银河，君自大名垂宇宙；青山埋白骨，我来何处哭英雄。"此则艺林称赞，无人不知矣。苏小坟上有联曰："桃花流水渺然去，油壁香车不再逢。"集得亦佳。

（三）

湖滨路有一茶楼，凡三级，雕阑画栋，面湖而峙。尝于漠漠春阴之日，约友登楼，临风品茗。时则烟树迷离，四周绿暗，而湖水不波，又觉洞明如镜。既而大风突起，湖水粼粼，遍生皱纹，沿湖杨柳，摇荡者不自持，屡拂栏前布帏而过。所谓山雨欲来风满楼者，临其境而益信。此茶楼之名颇雅，日久已忘之，惟内马路有一旅社，名"湖山共一楼"，惜不移此耳。

南北二高峰，均在湖滨十里以外，予客杭仅十日，因登灵隐之便，一游北高峰而已。峰在灵隐之后，自灵隐五百罗汉堂侧，拾级而登，直至山顶，约合一万尺。山之半，曲折而西，有庵曰"韬光"。松竹交加，绿阴碍路，遥闻泉声泠泠然，若断若续，出自树草密荫中。转出竹林，有红墙一角，则庵门是矣。庵建石崖上，玲珑剔透，有翼然之势。人事与自然，乃两尽之。庵旁有一池，石刻之龙首，翘然于上，僧刳竹为沟，曲折引泉达于龙顶，水如短练，自龙口中吐出。池中有鱼，非鲤非鲫，红质而黄章，长约尺许，水清见底，首尾毕显。寺顶有石堂，登临俯视，钱塘江小如一带，江尽处为海，只觉苍茫一片，云雾相接而已。堂外有石匾曰"韬光观海"以此，然未列于西湖十景也。

（四）

词家"三秋桂子，十里荷花"二语，致引金人问鼎，胡马南窥，西湖桂花之盛，当可想见。向来游湖者，极道九溪十八涧之美，而不知九溪杨梅岭一带，重翠连缀，秀柯塞途，极得小山丛桂之致。据杭人云：八九月之间，木叶微脱，秋草半黄，堆金缀玉，满山桂子烂开，桂树延绵四五里，偶来此地，如入香海。每值月白风清，万籁俱寂，云外香飘，距山十余里人家得闻之。予闻语辄神往焉。

云栖之竹，几与孤山之梅齐名。到杭州者，实不得不一访游之。其地翠竹数万竿，密杂如篱，高入霄汉。小径曲折，迤逦而入翠丛，时有小泉一绵，自林下潺潺而来，石板无梁。架泉为渡，临流顾影，须眉皆绿。林中目光不到，清凉袭人，背手缓步，襟怀如涤。竹内有小鸟，翠羽血红啄，若鹦鹉具体而微。于人迹不闻时，山鸟间啼一二声，真有物我皆忘之慨。

外省游人至杭，如入万宝山中，目迷五色，不知何所取舍，而栖霞之与烟霞云栖，往往误而为一。栖霞洞在葛岭之后，深谷之中，竹树环列，狗见吠客，则游人不期而至洞所矣。初入为一山寺，若无甚奇，旁有石洞，坦步可入。及至洞内，忽焉为佛堂，忽焉为缝，忽焉又为屋，曲折阴晦，如非人世，洞最后露一口朝天，古藤垂垂，山上坠下，旁有水滴声，若断若续，不知出于何所，真幽境也。

（五）

小瀛洲即放生池，三潭印月，乃其一部分也，洲与湖心亭、阮公墩鼎峙外湖水面。自孤山俯瞰，此洲如浮林一片，略露楼园。乃驾小舟而来，则直入青芦，可觅得石级登陆。陆上浮堤四达，于湖中作池，真是有路皆花，无处不水。其间楼阁、虚堂以空灵胜，卐字亭以曲折胜，盈翠轩以清幽胜，亭亭以小巧胜。亭曰亭亭，可想其倩影凌波，不同凡品。若夫清潭泛影，皓月窥人，一曲洞箫，凭栏独立，居然世外，岂复人间？

游湖当坐瓜皮小艇，自操桨，则波光如在衣袂，斯得玩水之乐。湖中瓜皮艇，长丈许，中舱上覆白幔，促膝可坐四人。舱内备有棋案（高仅盈尺，面积如之），可以下棋；备有短笛，可以奏曲；备有档勺，可以饮水。如此榜人，诚大解事，真所谓有六朝烟火气者矣。

西湖各地之以花木名者，云栖以竹名，万松岭以松名，九溪以桂名，白堤以桃柳名，平湖以荷名。初与旧景不甚相合。此外苏堤春晓，成为一片桑柘，柳浪闻莺，则草砾蛙鸣，此又慨乎人事变幻不定也。

（六）

　　苏小小墓在西泠桥之南。六角小亭，近临水滨，湖草芊芊，直达亭内。冢隆然，高约三尺许，在亭之中央。惟坟之上下，遍蒙鹅卵石，杂乱不成规矩，未知何意？据杭人云：游人在湖滨拾石，立西泠桥上，遥向亭内掷之，中冢则宜男。杭人之迷信于此可见一斑矣。

　　杭俗迷信之甚者，莫如放生一事。如禽如兽，固可放生，即一虫一鱼，一草一木，亦莫不可放生。且放生亦有专地，将鱼虾放生者，多在小瀛洲行之。将龟蛇放生者，多在雷峰塔行之。将竹放生者，多在天竺行之。竹何以放生？未至杭州者，必以为妄矣。此事大抵出之于好出风头之妇女，与庙中僧约，指定山上之某某数株，为放生之竹。僧乃灾刀炙字于上，文曰：某月日某某太太或某小姐放生，自此以后，竹即不得砍伐，听其老死。竹所临地，必在路旁。放生之竹，路人悉得见之，放生之人，意亦在是也。一竹之值，不过一二元，一经放生，僧不取，由放生者随助香资，因之一竹之费，且达数十元矣。

（七）

　　灵隐寺前之飞来峰，名震宇宙，实则不甚奇，其实才如此海中之琼岛耳。山脚一涧琤琮流去，是谓冷泉，涧边有亭，即以泉名之。亭中之联，以峰与亭为对，最初一联曰："泉自山中冷起，峰从天外飞来"；次改为"泉自几时冷起，峰从何处飞来"也。今所悬者，则为"泉自冷时冷起，峰从飞处飞来"也。

沿湖人家坟墓，布置清幽，花木杂植，偶不经意，辄误认为名胜。而墓之有是数者，亦殊不少。计岳庙之岳武穆坟，三台山之于忠肃坟，民元前之徐烈士（锡麟）墓，西泠桥之苏小小墓，孤山之林和靖处士墓，冯小青墓，英雄儿女，美人名士，各占片土。其他如牛皋等墓，自宋以还当不下数十处，尤不能一一列举也。

墓地最清幽动人者，莫如小青坟，坟在孤山南角水榭之滨，梅柳周环，浓荫四覆，小亭一角，仅可容人，伏于墓上。由林和靖墓至此，草深覆径，人迹罕到。白午风清，轻絮自飞，凄然兴感，令人不知身在何所。予于湖心亭壁上，见冷香女士题句，咏小青坟云："古梅老鹤尽堪愁，郁郁佳城枕习流。分得林花三尺土，美人名士各千秋。"清丽可诵。

半日的游程

郁达夫

得半日之闲，随便走走。满目的物是人非，真是把人看寂寞了。幸亏此时，发生了美妙的相遇。在如此寂静的山中，能与故人悠闲地品茶吃粉，真的是一种无上的恩泽啊！

去年有一天秋晴的午后，我因为天气实在好不过，所以就搁下了当时正在赶着写的一篇短篇的笔，从湖上坐汽车驰上了江干。在儿时习熟的海月桥、花牌楼等处闲走了一阵，看看青天，看看江岸，觉得一个人有点寂寞起来了，索性就朝西的直上，一口气便走到了二十几年前曾在那里度过半年学生生活的之江大学的山中。二十年的时间的印迹，居然处处都显示了面形：从前的一片荒山，几条泥路，与夫乱石幽溪，草房藩溷，现在都看不见了。尤其要使人感觉到我老何堪的，是在山道两旁的那一排青青的不凋冬树；当时只同豆苗似的几根小小的树秧，现在竟长成了可以遮蔽风雨，可以掩障烈日的长林。不消说，山腰的平处，这里那里，一所所的轻巧而经济的住宅，也添造了许多；像在画里似的附近山川的大致，虽仍依旧，但校址的周围，变化却竟簇生了不少。第一，从前在大礼堂前的那一丝空地，本来是下临绝谷的半边山道，现在却已将面前的深谷填平，变成了一大球场。

065

大礼堂西北的略高之处，本来是有几枝被朔风摧折得弯腰屈背的老树孤立在那里的，现在却建筑起了三层的图书文库了。二十年的岁月！三千六百日的两倍的七千二百日的日子！以这一短短的时节，来比起天地的悠长来，原不过是像白驹的过隙，但是时间的威力，究竟是绝对的暴君，曾日月之几何，我这一个本在这些荒山野径里驰骋过的毛头小子，现在也竟垂垂老了。

一路上走着看着，又微微地叹着，自山的脚下，走上中腰，我竟费去了三十来分钟的时刻。半山里是一排教员的住宅，我的此来，原因为在湖上在江干孤独得怕了，想来找一位既是同乡，又是同学，而自美国回来之后就在这母校里服务的胡君，和他来谈谈过去，赏赏清秋，并且也可以由他这里来探到一点故乡的消息的。

两个人本来是上下年纪的小学校的同学，虽然在这二十几年中见面的机会不多，但或当暑假，或在异乡，偶尔遇着的时候，却也有一段不能自己的柔情，油然会生起在各个的胸中。我的这一回的突然的袭击，原也不过是想使他惊骇一下，用以加增加增亲热的效力的企图；升堂一见，他果然是被我骇倒了。

"哦！真难得！你是几时上杭州来的？"他惊笑着问我。

"来了已经多日了，我因为想静静儿的写一点东西，所以朋友们都还没有去看过。今天实在天气太好了，在家里坐不住，因而一口气就跑到了这里。"

"好极！好极！我也正在打算出去走走，就同你一道上溪口去吃茶去吧，沿钱塘江到溪口去的一路的风景，实在是不错！"

沿溪入谷，在风和日暖，山近天高的田塍道上，二人慢慢地走着，谈着，走到九溪十八涧的口上的时候，太阳已经斜到了去山不过丈来高的地位了。在溪房的石条上坐落，等茶庄里的老翁去起茶煮水的中间，向青翠还像初春似的四山一看，我的心坎里不知怎么，竟充满了一股说不出的飒爽的清气。两人在路上，说话原已经说得很多了，所以一到茶庄，都不想再说下去，只瞪目坐着，在看四周的山和脚下的水，忽而嘘朔朔朔的一声，在半天里，晴空中一只飞鹰，像霹雳似的叫过了，两山的回音，更缭绕地震动了许多时。我们两人头也不仰起来，只竖起耳朵，在静听着这鹰声的响过。回响过后，两人不期而遇的将视线凑集了拢来，更同时破颜发了一脸微笑，也同时不谋而合的叫了出来说：

"真静啊！"

"真静啊！"

等老翁将一壶茶搬来，也在我们边上的石条上坐下，和我们攀谈了几句之后，我才开始问他说：

"久住在这样寂静的山中，山前山后，一个人也没有得看见，你们倒也不觉得怕的么？"

"怕啥东西？我们又没有龙连（钱），强盗绑匪，难道肯到孤老院里来讨饭吃的么？并且春三二月，外国清明，这里的游客，一天也有好几千。冷清的，就只不过这几个月。"

我们一面喝着清茶，一面只在贪味着这阴森得同太古似的山中的寂静，不知不觉，竟把摆在桌上的四碟糕点都吃完了；老翁看了我们的食欲的旺盛，就又推荐着他们自造的西湖藕粉和桂花糖说：

　　"我们的出品，非但在本省口碑载道，就是外省，也常有信来邮购的，两位先生冲一碗尝尝看如何？"

　　大约是山中的清气，和十几里路的步行的结果吧，那一碗看起来似鼻涕，吃起来似泥沙的藕粉，竟使我们嚼出了一种意外的鲜味。等那壶龙井芽茶，冲得已无茶味，而我身边带着的一封绞盘牌也只剩了两枝的时节，觉得今天是行得特别快的那轮秋日，早就在西面的峰旁躲去了。谷里虽掩下了一天阴影，而对面东首的山头，还映得金黄浅碧，似乎是山灵在预备去赴夜宴而铺陈着浓装的样子。我昂起了头，正在赏玩着这一幅以青天为背景的夕照的秋山，忽所见耳旁的老翁以富有抑扬的杭州土音计算着账说：

　　"一茶，四碟，二粉，五千文！"

　　我真觉得这一串话是有诗意极了，就回头来叫了一声说：

　　"老先生！你是在对课呢？还是在做诗？"

　　他倒惊了起来，张圆了两眼呆视着问我：

　　"先生你说啥话语？"

　　"我说，你不是在对课么？三竺六桥，九溪十八涧，你不是对上了'一茶四碟，二粉五千文'了么？"

　　说到了这里，他才摇动着胡子，哈哈的大笑了起来，我们也一道笑了。付账起身，向右走上了去理安寺的那条石砌小路，我们俩在山嘴将转弯的时候，三人的呵呵呵呵的大笑的余音，似乎还在那寂静的山腰，寂静的溪口，作不绝如缕的回响。

1933 年 5 月 21 日

城里的吴山

郁达夫

吴山，俗名城隍山。这里是被游人，甚至于杭州本地人都遗忘的地方。郁达夫发现了它的妙处。写下这些，不是为了逼迫世人爱它，而是这里能治愈，能让他恢复元气。

不管是到过或没有到过杭州的人，只须是受过几年中学教育的，你倘若问他："杭州城里有什么大自然的好景？"他总会毫不思索地回复你一声"西湖"！其实西湖却是在从前的杭州城外的，以其在杭城之西而得名。真正在杭州城里的大观，第一要推吴山（俗名城隍山），可是现在来杭州的游客，大半总不加以注意；就是住在杭州的本地人，也一年之中去不得几次，这才是奇事。我这一回来称颂吴山，若说得僭一点，也可以说是"我的杭州城的发见"，以效 My Discovery of London 之颦；不过吴山在辛亥革命以前，久已经是杭州唯一的游赏之地，现在的发见，原也只是重翻旧账而已。

吴山，春秋时为吴南界，以别于越，故曰吴山。或曰，以伍子胥故，讹伍为吴，故《郡志》亦称胥山，在镇海楼（即鼓楼）

之右。盖天目为杭州诸山之宗，翔舞而东，结局于凤凰山；其支山左折，遂为吴山；派分西北，为宝月为蛾眉，为竹园；稍南为石佛，为七宝，为金地，为瑞石，为宝莲，为清平，总曰吴山。……

这是田叔禾《西湖游览志》卷十二记南山城内胜迹中之关于吴山的记载。二十余年前，杭州人说是出游，总以这吴山为目的；脚力不继的人，也要出吴山的脚下，上涌金门外三雅园等地方去喝茶；自辛亥革命以来，旗营全毁，城墙拆了，游人就集中在湖滨，不再有上城隍山去消磨半日光阴的事情了。

吴山的好处，第一在它的近，第二在它的并不高，元时平章答剌罕脱欢所甃的那数百级的石级，走走并不费力。可是一到顶上，掉头四顾，却可以看得见沧海的日出，钱塘江江上的帆行，西兴的烟树，城里的人家；西湖只像一面圆镜，到城隍山上去俯看下来，却不见得有趣，不见得娇美了。还有一件吴山特有的好处，是这山上的怪石的特多；你若从东面上山，一直的向南向西，沿岭脊走去，在路上有十几处可以看到这些神工鬼斧的奇岩怪石。假山叠不到这样的巧，真山也决没有这样的秀，而襟江带湖、碧天四匝、僧庐道院、画阁雕栏、茂林修竹、尘市炊烟等景物，还是不足道的余事。

还有一层，觉得现在的吴山，对于我，比从前更觉得有味的，是游人的稀少。大约上吴山去的，总以春秋二节的烧香客为限；一般的游人，尤其是老住在杭州的我所认识的许多朋友，平时决不会去的。乡下的烧香客，在香市里虽则拥挤不堪，可是因为我和他们并不相识，所以虽处在稠人广众之中，我还可以尽情地享受我的孤独。

自迁到杭州来后，这城隍山的一角，仿佛是变了我的野外的情人；凡遇到胸怀悒郁，工作倦颓，或风雨晦暝，气候不正的时候，只消上山去走它半天，喝一碗茶两杯酒，坐两三个钟头，就可以恢复元气，爽飒地回来，好像是洗了一个澡。去年元日，曾去登过，今年元日，也照例的去；此外凡遇节期，以及稍稍闲空的当儿，就是心里没有什么烦闷，也会独自一个踱上山去，癫坐它半天。

前次语堂来杭，我陪他走了半天城隍山后，他也看出了这山的好处来了，我们还谈到了集资买地，来造它一个俱乐部的事情。大约吴山卜筑，事亦非难，只教有五千元钱，以一千元买地，四千元造屋，就可以成功了；不过可惜的，是几处地点最好的地方，都已经被有钱有势、不懂山水的人侵占了去，我们若来，只能在南山之下，买几方地，筑数椽屋；处境不高，眺望也不能开畅，与山居的原意，小有不合而已。

不久之前，更有几位研究中国文学的外人来游，我也照例的陪他们游过吴山之后，他们问我说："金人所说的立马吴山第一峰，是什么意思？"他们以为吴山总是杭州最高的山，所以金人会有这样的诗语。我一时解答不出，就只指示了他们以一排南宋故宫的遗址。大约自凤山门以西，沿凤凰山而北的一段，一定是南宋的大内，穿过万松岭，可以直达湖滨的。他们才豁然大悟地说："原来是如此，立马吴山，就可以看得到宫城的全部，金人的用意也可算深了。"这一个对于第一峰三字的解释，不知究竟正确不正确。但南宋故宫的遗址，却的确可以由城隍山或紫阳山的极顶，看得一望无遗的。

1935 年 5 月 8 日

皋亭山

郁达夫

皋亭山，俗称半山，位于杭城东北角。这是一条窒碍难行之路。郁达夫不仅向你透露了一条最佳路径，还将游山的经验，倾囊相授。就这样，即使没有经验，再来的人也不会一无所获。

皋亭山俗称半山，以"半山娘娘庙"出名。地在杭城东北角，与城市相去大约有十五六里路之遥。上半山进香或试春游的人，可以从万安桥头下船，一直的遵水路向东北摇去。或从湖墅、拱宸桥以及城里其他各埠下船去都行。若从陆路去，最好是坐火车到笕桥下车，向北走去，到半山只有七里，倘由拱宸桥走去，怕要走十多里路了，而路又曲折容易走错。汽车路，不知通到了什么地方，因为航空学校在皋亭山下笕桥之南三五里，大约汽车路总一定是有的。

先说明了这一条路径，其次要说我去游皋亭的经验了，这中间，还可以插叙些历史上的传说进去。

自前年搬到了杭州来住后，去年今年总算已经过了两个春天。我所最爱的季节，在江南是秋是冬，以及春初的一二个月。以后天气一热，从春晚到夏末，我简直是一个病夫；晚上睡不着觉，日里头昏脑涨，不吃酒也像是个醉狂的人。去年春天，为防止这一种痊夏——其实也可以说是痊春——病的袭来，老早我就在防卫，想把身体炼得好些，可以敌得过浓春的压迫，盛夏的熏蒸。故而到了春初，我就日日地游山玩水，跑路爬高，书也不读，文章也不写。有一天正在打算找出一处不曾去过的地方来，去游它一天，消磨那一日长闲的春昼，恰巧有一位多年不见的诗人何君来了，他是住在临平附近的人，对于那一边的地理，是很熟悉的。我问说："临平山、超山、唐栖镇，都已经去过了，东面还有更可以玩的地方没有？"他垂头想了一想，就说："半山你到过没有？"我说："没有！"于是就决定了一道去游半山。

半山本名皋亭山，在清朝各诗人的集子里，记游皋亭看桃花的诗词杂文很多很多；我们去的那一天，桃花虽还没有开，但那一年春天来得较迟，梅花也许是还有的。皋亭虽不是出梅子的地方，可是野人篱落，一树半枝的古梅，倒也许比梅林更为有趣；何君从故乡来，说迟梅还正在盛开，而这一天的天气，也正适合于探梅野步。

我们去时，本打算上笕桥去下车，以后就走到皋亭山上庙里去吃午餐的；但一到车站，听说四等车已经开了，于是不得已只能坐火车到了拱宸桥。

在拱宸桥下车，遥望着皋亭的山色，向北向东，穿桑林，过小桥，一路的走去，那一种萧疏的野景，实在也满含着牧歌式的情趣。到了离皋亭山不远，入沿堤一处村子里的时候，梅花已经看了不少，说话也说尽了两三个钟头，而肚里也有点像贪狼似的饿了。

我们在堤上的一家茶馆里，烘着太阳，脱下衣服，先喝了两大碗土烧酒，吃了十几个茶叶蛋，和一大包花生米豆腐干。村里的人，看见我们食量的宏大，行动的奇特，在这早春的农闲期里，居然也聚拢了许多农工织女，来和我们攀谈。中间有一位抱小孩子的二十二三的少妇，衣服穿得异常的整齐，相貌也生得非常之完满，默默微笑着坐在我们一丛人的边上，在听我们谈海天，说笑话，而时时还要加以一句两句的羞缩的问语。何诗人得意之至，酒喝完后，诗兴发了，即席就吟成了一首七言长句，后来就题上了"半山娘娘庙"的墙壁；他要我和，我只作成了一半，后一半却是在回来的路上作的，当然是出韵了，原诗已经记不出来，我现在先把我的和诗抄在下面：

春愁如水刀难断，村酿偏醇醉易狂。

笑指朱颜称白也，乱抛青眼到红妆。

上方钟定夫人庙，东阁诗成水部郎。

看遍野梅三百树，皋亭山色暮苍苍。

因为我们在茶馆里所谈的，就是这一首诗里的故实。

他们说："半山娘娘最有灵感，看蚕的人家，每年来这里烧香的，从二月到四月，总有几千几万。"

他们又说："半山娘娘，是小康王封的。金人追小康王到了这山的半腰，小康王无处躲了，幸亏这娘娘一把沙泥，撒瞎了追来的金人的眼睛。"

又有一个老农夫订正这一个传说："小康王逃入了半山的山洞，金人赶到了，幸亏娘娘把一篓细丝倒向了洞口，因而结成了蛛网。金人看见蛛网满洞，晓得小康王决不躲在洞里，所以又远追了开去。"

凡此种种，以及香灰疗病，娘娘托梦等最近的奇迹，他们都说得活灵活现，我们仿佛是身到了西方的佛国。故而何诗人作了诗，而不是诗人的我也放出了那么的一"臭"，其实呢，半山庙所祀的为倪夫人。据说，金人来侵，村民避难入山，向晚大家回村去宿，独倪夫人怕被奸污，留居山上，夜间为毒蛇咬死。人悯其贞，故立庙祀之。所谓撒沙，所谓倒丝筐，都是由这传说里滋生出来的枝节，而祠为宋敕，神为女神，却是实事。

我们饱吃了一顿，大笑了一场，就由这水边的村店里走出，沿堤又走了二三里路，就走上了皋亭脚下的一个有山门在的村子。这里人家更多，小店里的货色也比较得完备。但村民的新年习惯，到了阴历的二月还未除去，山门前的亭子里，茶店里，有许多人围着在赌牌九。何诗人与我，也挤了进去，押了几次，等四毛小洋输完后，只好转身入山门，上山去瞻仰半山娘娘的像了。

庙的确是在半山，庙里的匾额、签文，以及香烛之类，果然堆叠得很多。但正殿三间，已经倾颓灰黑了，若再不修理，怕将维持不下去。西面的厢房一排数间，是厨房，也是管庙管山的人的宿舍，后面更有一个观音堂，却是新近修理粉刷过的。

因为半山庙的前后左右，也没有什么好看，桃树也并没有看见，梅花更加少了，我们就由倪夫人庙西面的一条山路走上了山顶。登高而望远，风景是总不会坏的，我们在皋亭山顶，自然也看见了杭州城里的烟树人家与钱塘江南岸的青山。

从山顶下来，时间已经不早了，何诗人将诗题上了西厢的粉壁后，两人就跑也似的走到了笕桥。

一年的岁月，过去得很快；今年新春刚过，又是饲蚕的时节了，前几天在万安桥头闲步，并且还看见了桅杆上张着的黄旗的万安集、半山、超山进香的香船，因而便想起了去年的游迹，因而又发出了一"臭"：

半堤桃柳半堤烟，急景清明谷雨前。

相约皋亭山下去，沿河好看进香船。

里西湖的一角落

郁达夫

此去经年，郁达夫总会想起西湖，想起西湖的一角。当年受托，独自凭吊，埋葬着杨云友的坟亭。那日的悲哀，现在想想，似乎连当日的太阳都是沉默的面容。

记得是在六七年——也许是十几年了——的前头，当时映霞的外祖父王二南先生还没有去世，我于那一年的秋天，又从上海到了杭州，寄住在里湖一区僧寺的临水的西楼；目的是想去整理一些旧稿，出几部书。

秋后的西湖，自中秋节起，到十月朝的前后，有时候也竟可以一直延长到阴历十一月的初头，我以为世界上更没有一处比西湖再美丽，再沉静，再可爱的地方。

天气渐渐凉了，可是还不至于感到寒冷，蚊蝇自然也减少了数目。环抱在湖西一带的青山，木叶稍稍染一点黄色，看过去仿佛是嫩草的初生。夏季的雨期过后，秋天百日，大抵是晴天多，雨天少。万里的长空，一碧到底，早晨也许在东方有几缕朝霞，晚上在四周或许上一圈红晕，但是皎洁的日中，与深沉的半夜，总是青天浑同碧海，教人举头越看越感到幽深。这中间若再添上几声络纬的微吟和蟋蟀的低唱，以及山间报时刻的鸡鸣与湖中代步行的棹响，那湖上的清秋静境，就可以使你感味到点滴都无余滓的地步。"秋天好，最好在西湖……"我若要唱一阕小令的话，开口就得念这么的两句。西湖的秋日真是一段多么发人深省，迷人骨的时季吓！（写到了此地，我同时也在流滴着口涎。）

是在这一种淡荡的湖月林风里，那一年的秋后，我就在里湖僧寺的那一间临水西楼上睡觉，抽烟，喝酒，读书，拿笔写文章。有时候自然也到山前山后去走走路，里湖外湖去摇摇船，可是白天晚上，总是在楼头坐着的时候多，在路上水上的时候少，为的是想赶着这个秋天，把全集的末一二册稿子，全部整理出来。

但是预定的工作，刚做了一半的时候，有一天午后二南老先生却坐了洋车，从城里出来访我了。上楼坐定之后，他开口就微笑着说："好诗！好诗！"原来前几天我寄给城里住着的一位朋友的短札，被他老先生看见了；短札上写的，是东倒西歪的这么的几行小字："遹窜禅房日闭关，夜窗灯火照孤山，此间事不为人道，君但能来与往还。"被他老先生一称赞，我就也忘记了本来的面目，马上就教厨子们热酒，煮鱼，摘菜，做点心。两人喝着酒，高谈着诗，先从西泠十子谈起，波及了杭郡诗辑，两浙輶轩的正录续录，又转到扬州八怪，明末诸贤的时候，他老先生才忽然想起，从袋里拿出了一张信来说：

"这是北翔昨天从哈尔滨寄来的信，要我为他去拓三十张杨云友的墓碣来，你既住近在这里，就请你去代办一办。我今天的来此，目的就为了这件事情。"

　　从这一天起，我的编书的工作就被打断了，重新缠绕着我，使我时时刻刻，老发生着幻想的，就是杨云友的那一个小小的坟亭。亭是在葛岭的山脚，正当上山路口东面的一堆荒草中间的。四面的空地，已经被豪家侵占得尺寸无余了，而这一个小小的破烂亭子，还幸而未被拆毁。我当老先生走后的第二天带了拓碑的工匠，上这一条路去寻觅的时候，身上先钩惹了一身的草子与带刺的荆棘。到得亭下，将荒草割了一割，为探寻那一方墓碣又费了许多工夫。直到最后，扫去了坟周围的几堆垃圾牛溲，捏紧鼻头，绕到了坟的后面，跪下去一摸一看，才发现了那一方以青石刻成的张北翔所写的明女士杨云友的碑铭。这时候太阳已经打斜了，从山顶上又吹下了一天西北风来。我跪伏在污臭的烂泥地上，从头将这墓碣读了一遍，觉得立不起身来了；一种无名的伤感，直从丹田涌起，冲到了心，冲上了头。等那位工匠走近身边，叫了我几声不应，使了全身的气力，将我扶起的时候，他看了我一面，也突然间骇了一大跳。因为我的青黄的面上，流满了一脸的眼泪，眼色也似乎是满带了邪气。他以为我白日里着了鬼迷了，不问皂白，就将我背贴背地背到了石牌坊的道上，叫集了许多住在近边的乡人，抬送我到了寺里。

　　过了几天，他把三十张碑碣拓好送来了；进寺门之后，在楼下我就听见他在轻轻地问小和尚说：

　　"楼上的那位先生，以后该没有发疯罢！"

　　小和尚骂了他几声"胡说！"就跑上楼来问我要不要会他一面，我摇了摇头只给了他些过分的工钱。

这一个秋天，虽则为了这一件事情而打断了我的预定的工作，但在第二年春天出版的我的一册薄薄的集子里，竟添上了一篇叫作《十三夜》的小说。小说虽则不长，由别人看起来，或许也不见得有什么好处，但在我自己，却总因为它是一个难产的孩子，所以格外地觉得爱惜。

过了几年，是杭州大旱的那一年，夏天挈妻带子，我在青岛北戴河各处避了两个月暑，回来路过北平，偶尔又在东安市场的剧园里看了一次荀慧生扮演的《杨云友三嫁董其昌》的戏。荀慧生的扮相并不坏，唱做更是恰到好处，当众挥毫的几笔淡墨山水，也很可观，不过不晓得为什么，我却觉得杨云友总不是那一副相儿。

又是几年过去了，一九三六年的春天，忽而发了醉兴，跑上了福州。福州的西城角上，也有一个西湖。每当夏天的午后，或冬日的侵晨，有时候因为没地方走，老跑到这小西湖的边上去散步。一边走着，一边也爱念着"天下西湖三十六，就中最好是杭州"的两句成语，以慰乡思。翻翻福州的《西湖志》，才晓得宛在堂的东面，斜坡草地的西北方，旧有一座强小姐的古墓……强小姐的出身世系，我也莫名其妙，但是宋朝有一位姓强的余杭人，曾经著过许多很好的诗词，我仿佛还有点儿记得。这一个强小姐墓，当然是清朝的墓，而福州土著的人，或者也许有姓强的，但当我走过西湖，走过这强小姐的墓时，却总要想起"钱塘苏小是乡亲"的一句诗，想起里湖一角落里那一座杨云友的坟亭；这仅仅是联想作用的反射么……我可说不出来。

1937 年 3 月 4 日在福州

西湖记（节选）

徐志摩

月光之下，西湖是梦，是理想的美人。一时间，各种爱慕之词都成了冗长繁杂。奈何，终究是要离开，心中的那一条条缝隙、伤痕，只能祈求星月之光来修补。

九月二十九日

这一时骤然的生活改变了态度，虽则不能说是从忧愁变到快乐，至少却也是从沉闷转成活泼。最初是父亲自己也闷慌了，有一天居然把那只游船收拾个干净，找了叔薇兄弟等一群人，一直开到东山背后，过榆桥转到横头景转桥，末了还看了电灯厂方才回家。那天很愉快！塔影河的两岸居然被我寻出了一爿两片经霜的枫叶。我从水面上捞到了两片，不曾红透的，但着色糯净得可爱。寻红叶是一件韵事。（早几天我同绎羢阿六带了水果月饼玫瑰酒到东山背后去寻红叶，站在俞家桥上张皇的回望，非但一些红的颜色都找不到，连枫树都不易寻得出来，失望得很。后来翻山上去，到宝塔边去痛快的吐纳了一番。那时已经暝色渐深，西方只剩有几条青白色，月亮已经升起，我们慢慢的绕着塔院的外面下去，歇在问松亭里喝酒，三兄弟喝完了一瓶烧酒，方才回家。山脚下又布施了上月月下结识的丐友，他还问起我们答应他的冬衣哪！）菱塘里去买菱吃，又是一件趣事。那钵盂峰的下面，都是菱塘，我们船过时，见鲜翠的菱塘里，有人坐着圆圆的菱桶在采摘。我们就嚷着买菱。买了一桌子的菱，青的红的，满满的一桌子。"树头鲜"真是好吃，怪不得人家这么说。我选了几只嫩青，带回家给妈吃，她也说好。

这是我们第一次称心的活动。

八月十五那天，原来约定到适之那里去赏月的，后来因为去得太晚了，又同着绛裒，所以不曾到烟霞去。那晚在湖上也玩得很畅，虽则月儿只是若隐若现的。我们在路上的时候，满天堆紧了乌云，密层层的，不见中秋的些微消息。我那时很动了感兴——我想起了去年印度洋上的中秋！一年的差别！我心酸得比哭更难过。一天的乌云，是的，什么光明的消息都莫有！

我们在清华开了房间以后，立即坐车到楼外楼去。吃得很饱，喝得很畅。桂花栗子已经过时，香味与糯性都没有了。到九点模样，她到底从云阵里奋战了出来，满身挂着胜利的霞彩。我在楼窗上靠出去望见湖光渐渐的由黑转青，青中透白，东南角上已经开朗，喜得我大叫起来。我的欢喜不仅为的月出；最使我痛快的，是在于这失望中的满意。满天的乌云，我原来已经抵拚拿雨来换月，拿抑塞来换光明，我抵拚喝他一个醉，回头到梦里去访中秋，寻团圆——梦里是甚么都有的。

我们站在白堤上看月望湖，月有三大圈的彩晕，大概这就算是月华的了。

月出来不到一点钟又被乌云吞没了，但我却盼望，她还有扫荡廓清的能力，盼望她能在一半个时辰内，把掩盖住青天的妖魔，一齐赶到天的那边去，盼望她能尽量的开放她的清辉，给我们爱月的一个尽量的陶醉——那时我便在三个印月潭和一座雷峰塔的媚影中做一个小鬼，做一个永远不上岸的小鬼，都情愿，都愿意。

"贼相"不在家，末了抓到了蛮子仲坚，高兴中买了许多好吃的东西——有广东夹沙月饼——雇了船，一直望湖心里进发。

三潭印月上岸买栗子吃，买莲子吃；坐在九曲桥上谈天，讲起湖上的对联，骂了康圣人一顿。后来走过去在桥上发现有三个人坐着谈话，几上放有茶碗。我正想对仲坚说他们倒有意思，那位老翁涩重的语音听来很熟，定睛看时，原来他就是康大圣人！

下一天我们起身已不早，绎我同意到烟霞洞去，路上我们逛了雷峰塔，我从不曾去过，这塔的形与色与地位，真有说不出的神秘的庄严与美。塔里面四大根砖柱已被拆成倒置圆锥体形，看看危险极了。轿夫说："白状元的坟就在塔前的湖边，左首草丛里也有一个坟，前面一个石碣，说是白娘娘的坟。"我想过去，不料满径都是荆棘，过不去。雷峰塔的下面，有七八个鹄形鸠面的丐僧，见了我们一齐张起他们的破袈裟，念佛要钱。这倒颇有诗意。

我们要上桥时，有个人手里握着一条一丈余长的蛇，叫着放生，说是小青蛇。我忽然动心，出了两角钱，看他把那蛇扔在下面的荷花池里，我就怕等不到夜它又落在他的手里了。

进石屋洞初闻桂子香——这香味好几年不闻到了。

到烟霞洞时上门不见土地，适之和高梦旦他们一早游花坞去了。我们只喝了一碗茶，捡了几张大红叶——疑是香樟——就急急的下山。香蕉月饼代饭。

到龙井，看了看泉水就走。

前天在车里想起雷峰塔做了一首诗用杭白。

那首是白娘娘的古墓，

（划船的手指着蔓草深处）

客人，你知道西湖上的佳话，

白娘娘是个多情的妖魔。

她为了多情，反而受苦——

爱了个没出息的许仙，她的情夫；

他听信一个和尚，一时的糊涂，

拿一个钵盂，把她妻子的原形罩住。

到今朝已有千把年的光景，

可怜她被镇压在雷峰塔底——

这座残败的古塔，凄凉地，

庄严地，永远在南屏的晚钟声里！

十月二十一日

昨下午自硖到此，与适之经农同寓，此来为"做工"，此来为"寻快活"。

昨在火车中，看了一个小沄做的《龙女》的故事，颇激动我的想象。

经农方才又说，日子过得太快了，我说日子只是过的太慢，比如看书一样，乏味的页子，尽可以随便翻他过去——但是到什么时候才翻得到不乏味的页子呢？

我们第一天游湖，逛了湖心亭——湖心亭看晚霞看湖光是湖上少人注意的一个精品——看初华的芦荻，楼外楼吃蟹，曹女士贪看柳梢头的月，我们把桌子移到窗口，这才是持螯看月了！夕阳里的湖心亭，妙；月光下的湖心亭，更妙。晚霞里的芦雪是金色；月下的芦雪是银色。莫泊桑有一段故事，叫做 In The Moonlight，白天适之翻给我看，描写月光激动人的柔情的魔力，那个可怜的牧师，永远想不通这个矛盾："既然上帝造黑夜来让我们安眠，这样绝美的月色，比白天更美得多，又是什么命意呢？"便是最严肃的，最古板的宝贝，只要他不曾死透僵透，恐怕也禁不起"秋月的银指光儿，浪漫的搔爬"！曹女士唱了一个"秋香"歌，婉曼得很。

三潭印月——我不爱什么九曲，也不爱什么三潭，我爱在月光下看雷峰静极了的影子——我见了那个，便不要性命。

阮公墩也是个精品，夏秋间竟是个绿透了的绿洲，晚上雾霭苍茫里，背后的群山，只剩了轮廓！它与湖心亭一对乳头形的浓青——墨青，远望去也分不清是高树与低枝，也分不清是榆荫是柳荫，只是两团媚极了的青屿——谁说这上面不是神仙之居？

我形容北京冬令的西山，寻出一个"钝"字；我形容中秋的西湖，舍不了一个"嫩"字。

昨夜二更时分与适之远眺着静偃的湖与堤与印在波光里的堤影，清绝秀绝媚绝，真是理想的美人，随她怎样的姿态，也比拟不得的绝色。我们便想出去拿舟玩月；拿一只轻如秋叶的小舟，悄悄的滑上了夜湖的柔胸，拿一支轻如芦梗的小桨，幽幽的拍着她光润，蜜糯的芳容，挑着她雾縠似的梦壳，扁着身子偷偷的挨了进去，也好分赏她贪饮月光醉了的妙趣！

但昨夜却为泰戈尔的事缠住了，辜负了月色，辜负了湖光，不曾去拿舟，也不曾去偷尝"西子"的梦情；且待今夜月来时吧！

"数大"便是美，碧绿的山坡前几千个绵羊，挨成一片的雪绒，是美；一天的繁星，千万双闪亮的神眼，从无极的蓝空中下窥大地，是美；泰山顶上的云海，巨万的云峰在晨光里静定着，是美；沧海万顷的波浪，戴着各式的白帽，在日光里动荡着，起落着，是美；爱尔兰附近的那个"羽毛岛"上栖着几千万的飞禽，夕阳西沉时只见一个"羽化"的太空，只是万鸟齐鸣的大声，是美，……数大便是美，数大了，似乎按照着一种自然律，自然的会有一种特殊的排列，一种特殊的节奏，一种特殊的式样，激动我们审美的本能，激发我们审美的情绪。

所以西湖的芦荻，与花坞的竹林，也无非是一种数大的美。但这数大的美，不是智力可以分析的，至少不是我的智力所能分析的。看芦花与看黄熟的麦田，或从高处看松林的顶颠，性质是相似的；但因颜色的分别，白与黄与青的分别，我们对景而起的情感，也就各各不同。季候当然也是个影响感兴的元素。芦雪尤其代表气运之转变，一年中最显著最动人深感的转变；象征中秋与三秋间万物由荣入衰的微指；所以芦荻是个天生的诗题。

西湖的芦苇，年来已经渐次的减少，主有芦田的农人，因为芦柴的出息远不如桑叶，所以改种桑树，再过几年，也许西溪的"秋雪"，竟与苏堤的断桥，同成陈迹！

在白天的日光中看芦花，不能见芦花的妙趣；它是同丁香与海棠一样，只肯在月光下泄漏它灵魂的秘密；其次亦当在夕阳晚风中。去年十一月我在南京看玄武湖的芦荻，那时柳叶已残，芦花亦飞散过半，但紫金山反射的夕照与城头倏起的凉飚，丛苇里惊起了野鸭无数，墨点似的洒满云空（高下的鸣声相和），与一湖的飞絮，沉醉似的舞着，写出一种凄凉的情调，一种缠绵的意境，我只能称之为"秋之魂"，不可以言语比况的秋之魂！又一次看芦花的经验是在月夜的大明湖，我写给徽那篇《月照与湖》（英文的）就是纪念那难得的机会的。

所以前天西溪的芦田，它本身并不曾怎样的激动我的情感。与其白天看西溪的芦花，不如月夜泛舟到湖心亭去看芦花，近便经济得多。

花坞的竹子，可算一绝，太好了，我竟想不出适当的文字来赞美；不但竹子，那一带的风色都好，中秋后尤妙，一路的黄柳红枫，真叫人应接不暇！

三十一那天晚上我们四个人爬登了葛岭，直上初阳台，转折处颇类香山。

十月二十三日

　　昨天（二十二日）是一个纪念日，我们下午三人出去到壶春楼，在门外路边摆桌子喝酒。适之对着西山，夕晖留在波面上的余影，一条直长的金链似的，与映山后渐次泯灭的琥珀光；经农坐在中间，自以为两面都看得到，也许他一面也不曾看见；我的座位正对着东方初升在晚霭里渐渐皎洁的明月，银辉渗着的湖面，仿佛听着了爱人的裾响似的，霎时呼吸紧迫，心头狂跳。城南电灯厂的煤烟，那时顺着风向，一直吹到北高峰，在空中仿佛是一条漆黑的巨蟒，荫没了半湖的波光，益发衬托出受月光处的明粹。这时缓缓的从月下过来一条异样的船，大约是砖瓦船，长的，平底的。没有船舱，也没有篷帐，静静的从月光中过来，船头上站着一个不透明的人影，手里拿着一支长竿，左向右向的撑着，在银波上缓缓的过来——一幅精妙的"雪罗蔼"，镶嵌在万顷金波里，悄悄的悄悄的移着：上帝不应受赞美吗？我疯癫似的醉了，醉了！

　　饭后我们到湖心亭去，横卧在湖边石板上，论世间不平事，我愤怒极了，呼嗷，咒诅，顿足，都不够发泄。后来独自划船，绕湖心亭一周，听桨破小波声，听风动芦叶声，方才勉强把无明火压了下去。

十月二十八日　下午八时

　　完了，西湖这一段游记也完了。经农已经走了，今天一早走的，但像是已经去了几百年似的。适之已定后天回上海。我想明天，迟至后天早上走。方才我们三个人在杏花村吃饭吃蟹，我喝了几杯酒。冬笋真好吃。

　　一天的繁星，我放平在船上看星。沉沉的宇宙，我们的生命究竟是个什么东西？我又摸住了我的伤痕。星光呀，仁善些，不要张着这样讥刺的眼，倍增我的难受。

秋光中的西湖

庐隐

从沪到杭，主人公"我"决计收起灵魂，来西湖边，休息休息。然而，事与愿违。我选择了在秋光里来到这。一路虽然有不少的野花、红枫，但放眼望去，万物皆是悲伤。

我像是负重的骆驼般，终日不知所谓地向前奔走着。突然心血来潮，觉得这种不能喘气的生涯，不容再继续了，因此便决定到西湖去，略事休息。

在匆忙中上了沪杭甬的火车，同行的有朱、王二女士和建，我们相对默然地坐着。不久车身蠕蠕而动了，我不禁叹了一口气道："居然离开了上海。"

"这有什么奇怪，想去便去了！"建似乎不以我多感慨的态度为然。

查票的人来了，建从洋服的小袋里掏出了四张来回票，同时还带出一张小纸头来，我捡起来，看见上面写着："到杭州：第一大吃而特吃，大玩而特玩……"真滑稽，这种大计划也值得大书而特书，我这样说着递给朱、王二女士看，她们也不禁哈哈大笑了。

来到嘉兴时，天已大黑。我们肚子都有些饿了，但火车上的大菜既贵又不好吃，我便提议吃茶叶蛋，便想叫茶房去买，他好像觉得我们太吝啬，坐二等车至少应当吃一碗火腿炒饭，所以他冷笑道："要到三等车里才买得到。"说着他便一溜烟跑了。

"这家伙真可恶！"建愤怒地说着，最后他只得自己跑到三等车去买了来。吃茶叶蛋我是拿手，一口气吃了四个半，还觉得肚子里空无所有，不过当我伸手拿第五个蛋时，被建一把夺了去，一面埋怨道："你这个人真不懂事，吃那么许多，等些时又要闹胃痛了。"

这一来只好咽一口唾沫算了。王女士却向我笑道："看你个子很瘦小，吃起东西来倒很凶！"其实我只能吃茶叶蛋，别的东西倒不可一概而论呢！我很想这样辩护，但一转念，到底觉得无谓，所以也只有淡淡地一笑，算是我默认了。

车子进杭州城站时，已经十一点半了，街上的店铺多半都关了门，几盏黯淡的电灯，放出微弱的黄光，但从火车上下来的人，却吵成一片，挤成一堆，此外还有那些客栈的招揽生意的茶房，把我们围得水泄不通，不知花了多少力气，才打出重围叫了黄包车到湖滨去。

车子走过那石砌的马路时，一些熟习的记忆浮上我的观念界来。一年前我同建曾在这幽秀的湖山中做过寓公，转眼之间早又是一年多了，人事只管不停地变化，而湖山呢，依然如故，清澈的湖波，和笼雾的峰峦似笑我奔波无谓吧！

我们本决意住清泰第二旅馆，但是到那里一问，已经没有房间了，只好到湖滨旅馆去。

深夜时我独自凭着望湖的碧栏，看夜幕沉沉中的西湖。天上堆叠着不少的雨云，星点像怕羞的女郎，踯躅于流云间，其光隐约可辨。十二点敲过许久了，我才回到房里睡下。

晨光从白色的窗幔中射进来，我连忙叫醒建，同时我披了大衣开了房门。一阵沁肌透骨的秋风，从桐叶梢头穿过，飒飒的响声中落下了几片枯叶，天空高旷清碧，昨夜的雨云早已躲得无影无踪了。秋光中的西湖，是那样冷静、幽默，湖上的青山，如同深纽的玉色，桂花的残香，充溢于清晨的气流中。这时我忘记我是一只骆驼，我身上负有人生的重担。我这时是一只紫燕，我翱翔在清隆的天空中，我听见神祇的赞美歌，我觉到灵魂的所在地……这样的，被释放不知多少时候，总之我觉得被释放的那一刹那，我是从灵宫的深处流出最惊喜的泪滴了。

建悄悄地走到我的身后，低声说道："快些洗了脸，去访我们的故居吧！"

多怅惘呵，他惊破了我的幻梦，但同时又被他引起了怀旧的情绪，连忙洗了脸，等不得吃早点便向湖滨路崇仁里的故居走去。到了弄堂门口，看见新建的一间白木的汽车房，这是我们走后唯一的新鲜东西。此外一切都不曾改变，墙上贴着一张招租的帖子，一看是四号吉房招租……"呀！这正是我们的故居，刚好又空起来了，喂，隐！我们再搬回来住吧！"

"事实办不到……除非我们发了一笔财……"我说。

这时我们已到那半开着的门前了，建轻轻推门进去。小小的院落，依然是石缝里长着几根青草，几扇红色的木门半掩着。我们在客厅里站了些时，便又到楼上去看了一遍，这虽然只是最后几间空房，但那里面的气氛，引起我们既往的种种情绪，最使我们觉到怅然的是陈君的死。那时他每星期六多半来找我们玩，有时也打小牌，他总是摸着光头懊恼地说道："又打错了！"这一切影像仍逼真地现在目前，但是陈君已做了古人，我们在这空洞的房子里，沉默了约有三分钟，才怅然地离去。走到弄堂门的时候，正遇到一个面熟的娘姨——那正是我们邻居刘君的女仆，他很殷勤地要我们到刘家坐坐。我们难却她的盛意，随她进去。刘君才起床，他的夫人替小孩子穿衣服。我们这两个不速之客够使他们惊诧了。谈了一些别后的事情，抽过一支烟后，我们告辞出来。到了旅馆里，吃过鸡丝面，王、朱两位女士已在湖滨叫小划子，我们讲定今天一天玩水，所以和船夫讲定到夜给他一块钱，他居然很高兴地答应了。我们买了一些菱角和瓜子带到划子上去吃。船夫是一个五十多岁的忠厚老头子，他洒然地划着。温和的秋阳照着我——使全身的筋肉都变成松缓，懒洋洋地靠在长方形的藤椅背上。看着划桨所激起的波纹，好像万道银蛇蜿蜒不息。这时船已在三潭印月前面，白云庵那里停住了。我们上了岸，走进那座香烟阒然的古庙，一个老和尚坐在那里向阳。菩萨案前摆了一个签筒，我先抱起来摇了一阵，得了一个上上签，于是朱、王二女士同建也都每人摇出一根来。我们大家拿了签条嘻嘻哈哈笑了一阵，便拜别了那四个怒目咧嘴的大金刚，仍旧坐上船向前泛去。

船身微微地撼动，仿佛睡在儿时的摇篮里，而我们的同伴朱女士，她不住地叫头疼。建像是天真般地同情地道："对了，我也最喜欢头疼，随便到哪里去，一吃力就头疼，尤其是昨夜太劳碌了不曾睡好。"

"就是这话了，"朱女士说，"并且，我会晕车！"

"晕车真难过……真的呢！"建故作正经地同情她，我同王女士禁不住大笑，建只低着头，强忍住他的笑容，这使我更要大笑。船泛到湖心亭，我们在那里站了些时，有些感到疲倦了，王女士提议去吃饭。建讲："到了实行我'大吃而特吃'的计划的时候了。"

我说："如要大吃特吃，就到'楼外楼'去吧，那是这西湖上有名的饭馆，去年我们曾在这里遇到宋美龄呢！"

"哦，原来如此，那我们就去吧！"王女士说。

果然名不虚传，门外停了不少辆的汽车，还有几个丘八先生点缀这永不带有战争气氛的湖边。幸喜我们运气好，仅有唯一的一张空桌，我们四个人各霸一方，但是我们为了大家吃得痛快，互不牵掣起见，各人叫各人的菜，同时也各人出各人的钱，结果我同建叫了五只湖蟹，一尾湖鱼，一碗鸭掌汤，一盘虾子冬笋；她们二位女士所叫的菜也和我们大同小异。但其中要推王女士是个吃喝能手，她吃起湖蟹来，起码四五只，而且吃得又快又干净。再衬着她那位最不会吃湖蟹的朋友朱女士，才吃到一个的时候，便叫起头疼来。

"那么你不要吃了，让我包办吧！"王女士笑嘻嘻地说。

"好吧！你就包办……我想吃些辣椒，不然我简直吃不下饭去。"朱女士说。

"对了，我也这样，我们两人真是事事相同，可以说百分之九九一样，只有一分不一样……"建一本正经地说。

"究竟不同是哪一分呢？"王女士问。

"你真笨伯，这点都不知道，一个是男人，一个是女人呵！"建说。

这时朱女士正捧着一碗饭待吃,听了这话笑得几乎把饭碗摔到地上去。

"简直是一群疯子。"我心里悄悄地想着,但是我很骄傲,我们到现在还有疯的兴趣。于是把我们久已抛置的童年心情,从坟墓里重新复活,这不能说不是奇迹罢!

黄昏的时候,我们的船荡到艺术学院的门口,我同建去找一个朋友,但是他已到上海去了。我们嗅了一阵桂花的香风后,依然上船。这时凉风阵阵地拂着我们的肌肤,朱女士最怕冷,裹紧大衣,仍然不觉得暖,同时东方的天边已变成灰暗的色彩,虽然西方还漾着几道火色的红霞,而落日已堕到山边,只在我们一眨眼的工夫,已经滚下山去了。远山被烟雾整个地掩蔽着,一望苍茫。小划子轻泛着平静的秋波,我们好像驾着云雾,冉冉地已来到湖滨。上岸时,湖滨已是灯火明耀,我们的灵魂跳出模糊的梦境。虽说这马路上依然是可以漫步无碍,但心情却已变了。回到旅馆吃了晚饭后,我们便商量玩山的计划;上山一定要坐山兜,所以叫了轿班的老头,说定游玩的地点和价目。这本是小问题,但是我们却充分讨论了很久:第一因为山兜的价钱太贵,我同朱女士有些犹疑;可是建同王女士坚持要坐,结果是我们失败了,只得让他们得意洋洋地吩咐轿班第二天早晨七点钟来。

今日是十月九日——正是阴历重九后一日,所以登高的人很多,我们上了山兜,出涌金门,先到净慈观去看浮木井——那是济颠和尚的灵迹。但是在我看来不过一口平凡的井而已。所闻木头浮在当中的话,始终是半信半疑。

出了净慈观又往前走,路渐荒芜,虽然满地不少黄色的野花,半红的枫叶，但那透骨的秋风，唱出飒飒瑟瑟的悲调，不禁使我又悲又喜。像我这样劳碌的生命，居然能够抽出空闲的时间来听秋蝉最后的哀调，看枫叶鲜艳的色彩，领略丹桂清绝的残香，——灵魂绝对的解放，这真是万千之喜。但是再一深念，国家危难，人生如寄，此景此色只是增加人们的哀痛，又不禁悲从中来了……我尽管思绪如麻，而那抬山兜的侠子，不断地向前进行，渐渐地已来到半山之中。这时我从兜子后面往下一看，但见层崖叠壁，山径崎岖，不敢胡思乱想了。捏着一把汗，好容易来到山顶，才吁了一口长气，在一座古庙里歇下了。

同时有一队小学生也兴致勃勃地奔上山来，他们每人手里拿了一包水果一点吃的东西，都在庙堂前面院子里的雕栏上坐着边唱边吃。我们上了楼，坐在回廊上的藤椅上，和尚泡了上好的龙井茶来，又端了一碟瓜子。我们坐在藤椅上，东望西湖，漾着滟滟光波；南望钱塘，孤帆飞逝，激起白沫般的银浪。把四周无限的景色，都收罗眼底。我们正在默然出神的时候，忽听朱女士说道："适才上山我真吓死了，若果摔下去简直骨头都要碎的，等会儿我情愿走下去。"

"对了，我也是害怕，回头我们两人走下去罢，让她们俩坐轿！"建说。

"好的。"朱女士欣然地说。

我知道建又在使促狭，我不禁望着他好笑。他格外装得活像说道："真的，我越想越可怕，那样陡削的石级，而且又很滑，万一侠子脚一软那还了得……"建补充的话和他那种强装正经的神气，只惹得我同王女士笑得流泪。一个四十多岁的和尚，他悄然坐在殿里，看见我们这一群疯子，不知他作何感想，但见他默默无言只光着眼睛望着前面的山景。也许他也正忍俊不禁，所以只好用他那眼观鼻，鼻观心的苦功罢！我们笑了一阵，喝了两遍茶才又乘山兜下山。朱女士果然实行她步行的计划，但是和她表同情的建，却趁朱女士回头看山景的一刹那，悄悄躲在轿子里去了。

"喂！你怎么又坐上去了？"朱女士说。

"呀！我这时忽然想开了，所以就不怕摔……并且我还有一首诗奉劝朱女士不要怕，也坐上去罢！"

"到底是诗人……快些念来我们听听罢！"我打趣他。

"当然，当然。"他说着便高声念道，"坐轿上高山，头后脚在先。请君莫要怕，不会成神仙。"

这首诗又使得我们哄然大笑。但是朱女士却因此一劝，她才不怕摔，又坐上山兜了。中午的时候我们在龙井的前面斋堂里吃了一顿素菜。那个和尚说得一口漂亮的北京话，我因问他是不是北方人。他说："是的，才从北方游方驻扎此地。"这和尚似乎还文雅，他的庙堂里挂了不少名人的字画，同时他还问我在什么地方读书，我对他说家里蹲大学，他似解似不解地诺诺连声地应着，而建的一口茶已喷了一地。这简直太大煞风景，我连忙给了他三块钱的香火资，跑下楼去。这时日影已经西斜了，不能再流连风景。不过黄昏的山色特别富丽，彩霞如垂幔般地垂在西方的天际，奇翠的岗峦笼罩着一层干绡似的烟雾，新月已从东山冉冉上升，远远如弓形的白堤和明净的西湖都笼在沉沉暮霭中。我们的心灵浸醉于自然的美景里，永远不想回到热闹的城市去，但是轿夫们不懂得我们的心事，只顾奔他们的归程。"唷咿"一声山兜停了下来，我们翱翔着的灵魂，重新被摔到满是陷阱的人间。于是疲乏无聊，一切的情感围困了我们。

晚饭后草草收拾了行装，预备第二天回上海。这秋光中的西湖又成了灵魂上的一点印痕，生命的一页残史了。

可怜被解放的灵魂眼看着它垂头丧气地又进了牢囚。

西湖的风景

石评梅

我独居在山城里，看你历经风雨，依旧杨柳依依。我惦记着你，想以更广阔的视角，记录你的美。因此，小心翼翼使用着言语，标记着我看到的一切风景。

西湖风景，我怀慕渴望已非一日；在学校我的朋友多是浙江人，往往月下花前，谈西湖名胜，辄令我神游梦寐；在那时"西湖"已深深地镌印在我的心里，种着很深的苗。所以当时我能把心神都化在那里，在细纹的湖水里，反映出我的影子；我才知道不是梦境的虚幻。但我在西湖逗留了五六天，所得的印影，都如电光一瞬；现在想起来，依然是梦境，所余的仅仅一点模糊回忆。我现在幽居在山城里，窗外雨声淅沥，恼人愁怀；欹斜花影，反映纸上；我披卷握管，预备把我的回忆和当时情形，写在纸上；但这是最令我胆怯的。我的心异常的懦弱，竟使我写不下去。这时候我接到君宇的一封信，他这信是和我谈风景的，中有一段和我现在濡毫难下的情形相同：

"本来人与宇宙，感着的不见得说得出，说出的不见得写得出；口头与笔端所表示的，绝不是兴感的整个。就像我自己，跑遍了半个地球，国内东部各省都走过了。山水之美虽都历历犹在目中，但是要以口或笔来形容它们，我总是做不出。有时我也找得最好的诗句，恨笔不在手底不能写出来，然而就是当时笔在手边又何尝写得出呢？好的诗句，是念不出的，更是写不出的；好的风景是画不出的，更是描不出。越是诗人，越多兴感，越觉得描写技短，又何怪你觉你游过的景物不可写出呢？然而我总愿世人应得把他的才能志愿，将宇宙一切图画了出来。你不笑这是个永不能达的妄想吗？"

这信内说的非常透彻，但我准不能为西湖而搁笔，只好尽我的能力做去。

六月五号的下午，我们去游西湖。一望湖水潋滟，一片空明，千峰紫翠；冠山为寺，架木作亭，楼台烟雨，绮丽清幽；昔日观画图恐西湖不如画，今乃知画何足以尽西湖？我们坐着小艇慢慢划着；微风过处，金鳞涌泐，烈日反映，幻作异彩。只见碧波茫茫，云天苍苍，远山含翠，若烟若雾；一支小艇飘荡着如登仙境。我们同学都衣裳翩跹，意欲凌仙；惠和穿着极薄的绛纱，永叔服着一套绡裳，映在碧波中未尝不与西子增色！慧文向划船的要了桨，想自己撑，但不料反退了回去；我们都笑了起来！两岸绿树之影，映在湖中，碧嫩欲滴，我们一齐都唱起《杏花村》来，协着水中反应，声如玉磬。柳扬水面，映着阳光万点，如绢上的云霓宝钻，撒手一幅彩光万道（图）。美哉！西子。

我们到了苏堤东，有洲，洲旁有三塔影入洲中，就是"三潭印月"。船拢岸上陆，为"小瀛洲"；四围碧树阴豪，如遮绿幕，回亭水上，横匾为"饮渌"，联为"一桥虚待山光补，片席平分潭影清"。过假山有亭，横匾为三亭字"亭亭亭"，联为"至此地空邀明月，问谁家秋思，吹残玉笛到三更？记故乡亦有仙潭，看一样湖光，添得石桥长九曲"。此处如：

波上平临三塔影，

湖中倒映一轮秋。

四面山光湖水，相映皆碧；中有三塔，内分三潭，青山映潭，潭水印月，宇宙之美，即非中秋来此，俯仰之间都是良辰佳景。几排疏柳中，可以望见断桥残雪；几扇翠屏里，可以看着"雷峰夕照"。仰视青天白云，潭水映影，顿现我像；惜无明月对我，斟酒当歌！莲荷摇曳其上，游鱼游荡于下，小艇一只，撑破荷叶，缓缓渡来，人耶？仙耶？东坡咏西湖有句：

"毕竟西湖六月中，风光不与四时同；接天莲叶无穷碧，映日荷花别样红。"

诚然！不到其处，不知古人写景之妙。我来恰在六月（但非阴历），虽荷花未映日，而莲叶接天，一望皆碧。返故道上船，有月门额曰"竹径通幽"。我拉了金环进去一望，只见青竹撑天，曲折九回，从篱中能望见湖水，其明如镜。尚有明孝贤祠，卧薪说无奇，故牺牲不去看。上船又至白云庵，清高宗题为漪园。净慈寺里有运木古井，济颠当日曾在此运木，留在井中的。老和尚给我们把烛系在绳端放下去看，真是一块木头在里边。

"南屏晚钟"，南屏在净慈寺之后，正对着苏堤，寺钟一动，山谷皆应。据说是济公的显圣处，因为他曾在净慈寺做过书记。雷峰塔在净慈寺前，现已倾塌中空，我同孝颜，披蒙茸，拂苍苔，拾级登雷峰，乱石堆集，悬石欲坠。"俗传这里的砖作炉灶可集福，所以现在的砖都被人拿去"，这是慧文告我说的。我只觉四面风来，摇摇欲倒；吹我衣襟，翩然欲飞，阴沉之气扑入欲咽。俯望西湖，银光灿烂。塔为绛色，矗立于碧绿里，反映在湖水中，而其美丽更在夕照时。昔有姓雷的筑庵于此，后吴越王妃黄氏，就此处建塔，遂名雷峰塔。俗传青白两蛇，镇压塔下，此塔现已倾颓，苟白蛇有能，想早已腾空逃去？

"花港观鱼"，在"映波"和"锁澜"二桥的中间，池中有大金鱼，以饼作饵，鱼始现出。茅亭上遍植藤萝，景致幽雅，卧薪在这里请我们吃茶；清凉草香，令人心醉。竹篱外隐约能看见游人的衣杉飘动。上船后到红栎山在，俗称高庄，两旁竹高丈余，风过处瑟瑟作声，有一种特别的韵调。我们在高庄的后门等船，只见一支白帆的小艇，慢慢地由断桥下撑来；我眼睛只望着这小船；忽然卧薪在后边叫我去看她买的香珠。从这里上船到水竹居，俗叫刘庄，在秀隐桥西，是香山刘学询所建。它的风景佳处，可以在联语中看出：

山色湖光，倒影浑成天上下；

花明柳暗，闻香不辨路西东。

泉石亦经纶，揽全湖多少楼台，试大开绮户，偏倚雕栏，

对西子新装，如此文章真美丽；

琴尊容啸傲，游佳日联翩裙屐，有万树琪花，四围岚翠，

话天台轶事，本来家世即神仙。

其亭台楼阁花草之美，为湖上庄墅的第一；有藏书处叫望山楼，登其上觉一湾碧水，万叠青山，看烟云变态，共风月清淡，并可以领略万壑中的涛声，六桥间的烟景。

"湖心亭"是明朝知府孙孟建的，初名"振鹭亭"，清圣祖题"静观万类"楼。如明月一轮镌入碧青，如微云一朵，点上河汉；翼然水面，恰在湖心。有"静观万类，天然图画"八字，为清圣祖御书。有联为：

　　春水绿浮珠一颗，
　　夕阳红湿地三弓。

游毕"湖心亭"，遂棹归桨；云山模糊，幕烟朦胧；像撒了满天的红霞，被罩着西子，愈增其艳，真是浓妆。（忽有）一种激昂的歌声入耳，陡觉心胸辛酸；半天西湖揽胜凭吊，感慨甚多！迫暮霭迷漫，蓦地一片的时候，我的心又沉在深深地悲哀之渊里。湖水深，恨无穷！幸万灯辉煌，已抵第一码头，拢船上岸，无精打采地回了我们住的旅社。这是第一天游的西湖，在此暂且收束吧。

六月六号上午参观女师，下午仍游西湖。仍由第一码头上船，过卧龙桥。两岸杨树丝丝，芦草瑟瑟，野花一阵阵的香味，送拂襟头；平湖似镜，时闻小鸟唧啾婉转；俨然置身碧玉池内，映影皆绿。舍舟上陆，有船夫给我们引路，一直向灵隐去。两旁松柏杉杨，茂然萌森，如张绿幕。苍苔草径中时有贞节牌坊，和某府某堂之墓道；由黄土小道，蜿蜒而上，则累累皆荒冢。幽深的环境里常有小鸟婉转唱歌，似安慰千古的孤魂，声极凄凉。慢步同芗蘅、惠和联袂相偕。青石铺道，绿阴林下，时有瀑布如挂练，激在小石间，发出极自然的韵调，其声淙淙，清凉芬香，日影映地，仅见花纹零乱。惠和谈她们家乡惠山的风景与我听。走了约有五六里，已到灵隐寺的山门。只见两旁古树参天，青碧一片；奇峰特峙，流水环周。旁有理公塔，上为理公岩；晋时西僧慧理至杭，登山见怪石森立，千态各出，曾云："此中天竺国，灵鹫峰之小岭，不知何年飞来？"后遂名飞来峰，亦呼灵鹫峰。山石不杂土壤，山势若浮若悬；小隙中时（见）生瘦藤古木，都是抱石合皮；云霞横生，孔穴贯达。山壁间满镌佛像，盈千累万不计其数，大小粗细，其工不一。洞在山腹，桥当洞口；度桥进洞里，只见岩崖空幻，石骨玲珑，乳泉滴沥，韵音清心，名"玉乳洞"，又叫"一线天"；香烟萦绕，供铜佛一尊，和尚以长杆，指岩顶裂缝，可见一线天色，故叫"一线天"。静同、永叔在洞外摄一影留念。我们又向前行，清溪边，山岩下，石形奇秀，卓立林间；此地风景殊佳，遂同金环、芗蘅在此摄一影，我斜蹲在山峰上，脚下有清泉一股，白石磷磷突然而起。山侧有放生池，池下为冷泉亭，即八景中的"冷泉猿啸"。亭旁联语甚多，有左文襄公一联为：

在山本清泉，自源头冷起；
入世皆幻峰，从天外飞来。

这亭高不倍寻，广不累大，振前搜胜，真为神仙境地。春天即花碧草香，可以导和纳粹，畅入怀抱；夏天即风冷泉亭可以蠲烦消暑，兴我幽情；秋冬即山树作盖，岩石为屏，另有一种悲歌激昂的状况。我在亭栏上俯望清溪内怪石昂藏，流泉湍急，游鱼喷沫，碧藻澄鲜；望着飞来峰峭峻嵯岈，宛如一朵千叶莲花，望奇莫名——，亭下为石门涧，涧旁有壑雷亭，东为"春淙亭"。

云林寺——即灵隐寺，在冷泉的北面，晋僧慧理建；现在系清初僧宏礼重建，为西湖名刹。人正殿见佛高数丈，跪着许多小和尚，两旁的大和尚都披着袈裟，坐着念经。这种生活，亦有趣味……老和尚木鱼一敲，手中拿着的乐器也叮哨的奏起来，念经的声音，也特别洪亮。寺左有罗汉堂，内里有五百个罗汉，也是男女老幼，千态万状，以笑容可掬，慈眉善眼的居多数。灵隐寺的对殿，有一副对联是：

胜境重新，门前峰列如屏，未必飞来不飞去；
优游若昔，亭畔水清可掬，漫论泉冷与泉温。

天竺韬光，天色已暮，容后游；遂乘洋车去岳坟，路经栖霞岭，桃溪。岳王庙在栖霞岭下，金碧辉煌，系重建未久，仰庄严之像，不觉凛然。联语甚多，兹择三联，为：

暇日矢忠心，千古仰军人矩；

栖霞新庙貌，万方拜中国英雄。

专制杀英雄，千载何人雪国耻？

横流遍宇宙，九州无地哭忠魂。

忠孝节义，卒于一门，间拔南宋伤心史；

祠礿尝蒸，昭乎四祀，可绝西湖堕泪碑。

寺左有启忠祠，祀岳父母，旁有五侯及五夫人祠；精忠墓在寺内，其树木皆向南，秦桧、王氏铸铁像，背缚跪于墓前；门联为：

宋室忠臣留此冢，

岳家母教重如山。

有精忠柏，相传为岳坟柏树历久变石，真的碧血丹心，草木亦为之感动吗？出岳王庙，见湖内泊一帆船，中坐一人，绝类纫秋！询之诸友，亦谓极像。下船渡跨虹桥已望见苏小的墓！所谓"英雄侠骨儿女柔情"又点缀在湖山图画中。旁为鉴湖秋（瑾）墓，草径荒凉，侠气犹存。卧薪说："这是女界的英雄，我们后生应该行全礼"。我们很恭敬地行了三鞠躬的礼！佳联很多，如：

浙东西冤狱成三，前岳后于，浩气英风侠女子；

湖南北高峰有两，残山剩水，惊魂血泪葬斯人。

共和五载竟前功，英名直抗罗兰，欧亚东西，烈女双烈。

风雨□□还慧业，抔土重依武穆，湖山今古，秋社千秋。慧文拜谒了秋瑾墓，要去玉泉看金鱼；我们说，天晚了明天再游。后来，我见她很热心的要去，我们遂把船划到清涟寺。御书为"清涟禅寺"。进门为大雄宝殿，殿后有方地二——即玉泉，清澈鉴底，有五色大鱼数百，映日金鳞耀目，美丽无比！再进内有珍珠泉，再进为鱼乐国，大鱼约有三尺许，以石击之，一翻身，水花四溅。上有洗心亭，凭栏投饵，此为最佳。遂掉归舟，时暮霭笼罩，高歌一曲，余音缭绕水面；晚风拂面，胸襟皆清；此种清凉福几生修到？

昨夜十时余我伏在电灯底下，给北京的朋友写信，写完我正要归寝，忽然渐渐沥沥的落起雨来，洒在芭蕉叶上，奏出很凄凉的音韵。这时景色渐黯淡起来，电灯也惨然无光。由窗外看出去只见黑漆漆一片，雨愈下愈大，我想到一切的旧事，都浮在我的心阈里，烦恼极了。最令我挂念的，就是雨要不止，明天怎样游西湖呢？果然恨事，今天早晨到下午雨犹未止，且愈下愈大，今日的西湖是不能去了，未免扫兴。并且我们有极短的规定；耽误一天，西湖就少游一天，这是多么可惜的事啊？一直到八号的下午，雨稍止，我才能再见到西湖。别后的怅惘是多么幽怨啊？幸而又能三次与西湖把晤。只见细雨濛濛，湖水微绉，烟雾成霞，山岚抹黛。东坡有诗咏西湖初雨："水光潋滟晴偏好，山色空濛雨亦奇；欲把西湖比西子，淡妆浓抹总相宜。"可知西湖之晴雨皆为佳艳；我不禁欣喜，能看到雨后的西湖：望去如云如烟，似山非山；如月光射到梨花时，由楼上望梨花后之美人，其美在隐约间。船抵葛岭拢岸。葛岭在宝石山西，相传为葛洪炼丹处。上船后雨已止，唯径湿草滑；花草欣然，欲滴露珠；路旁有荒冢，覆满青碧，旁有白泉涌出，其声淙淙。过"兰若精舍"，再进杨柳夹道，槐青松香，满山苍翠。岩间有大瀑布冲下，声犹裂帛，洁如绡练。对面有奇峰峙立，俨如一石砌成，上有"嘻雨亭"，一望满湖风景，翠峦如屏；苏堤杨柳，犹自随风飘舞，历历如涌眼底。有联为："雨后山光分外青，喜看湖水浓于碧。"在此仰视则红旭一轮，俯窥则翠峦千叠，诚为宇宙内之奇观，愈登愈高至顽石亭，无奇可叙。"揽灿亭"有联为："江痕斜界东西浙，山色都收内外湖。"能望见全湖，风景历历如画，钱塘如带，横系天边。再上有石碑，额曰："渥丹养素"，中有古葛岭院，即葛洪住处。再进为玉泉殿，旁有抱朴庐——抱朴，葛洪之别号。再上为炼丹台，石洞中供葛仙像。登炼丹台，已能全望钱塘。在湖中的小舟，宛如凫鹅游泳；四围碧青，拥护仙寰。有联："岭上白云千万片，时闻鸾鹤下仙坛"。再上为"观光"，有联为："晓日初升，荡得山色湖光，试登绝顶；仙人何处，剩有石台丹井，来结闲缘"。此处有关内侯葛洪像。有碑曰初阳台，地处高朗，最宜远眺，每岁十月朔日，可观月日并升。朝吞旭日，夜纳归蟾，湖光浅碧，层峦矗立；登其上，俯视岩下，烟云由脚下生，风声瑟瑟，殊畏衣薄！开旷心胸，无负披荆棘，出岩砾之苦。葛岭左有"智果寺"，寺旁有杨云友女史墓；南有"云龛亭"，联有："雾鬓云裳曾入梦，柳塘花屿对是亭。"下葛岭即命船至孤山，一屿耸立，四无依联，又名孤屿；环山选翠，如列屏几案，一镜平湖，澄波千顷；踞全湖之胜，而能爽然四眺。为林和靖隐处，有"放鹤亭"，"巢居阁"，"林下亭"诸胜。那时我极目水云，由低莲内看游鸥；昂首霄汉，想从林亭中放鹤归；处士风流不羁，看破人生真谛，梅妻鹤子，是真能自乐其生。想当年红梅百本，雪鹤一双，潇洒艳福，谁能比此？"巢居阁"后为林处士墓，有吴唯信题联最佳：

> 坟草年年一度青，梅花无主自飘零；
> 定知魂在梅花上，只有春风唤得醒。

墓旁有鹤冢，其形俨然如岳家父子（坟），墓后壁上镌"孤山一片云"五字。后有赵公祠及财神庙。林处士墓侧，马菊香墓前，即为冯小青墓。小青薄命，遗憾千秋。西湖胜景，春花秋月皆为赏心悦目之行乐地，但小青葬孤山，遂与西湖另辟一凄凉境界。读其诗如："新妆竟与画图争，知在昭阳第几名？瘦影自怜春水照，卿须怜我我怜卿。"其哀怨悲婉，我欲为小青大哭。但我今日能凭吊孤冢，怀想美人在夕阳青紫之间者，抑天之不成就小青于当时，正成就小青于千古。

杨庄为前清杨士琦的别业，现属严姓；风景珠佳，有眷属在内。在客厅稍息吃茶后，遂到西泠印社，内祀丁敬，为印学浙派所宗，丁仁叶铭吴隐王寿祺所创立；内有假山小池，结构精巧。由草径中看见石上镌有"清心佳境"四字，遍植修篁，上有茅亭。再上为仰贤亭，豁然开朗，风景幽秀；水中有石刊"西泠印社"四字，旁有敬身先生石像，有石碑，上刊：

"古极龙泓像，描来影欲流；看碑伸鹤颈，柱杖坐苔矶。世
外隐君子，人间大布衣，似寻蝌蚪文，苍颉庙中题。"（袁枚题）

再进有茅亭，名曰"剔藓"。再上即为"观乐楼"，及"四照阁"，阁上
有叶翰仙女史所撰：

面面为情，环水抱山山抱水；
心心相印，因人传地地传人。

此外尚有泉唐丁不识所撰一联：

亚字阑，卍字墙，丁字箔，心字香，翼然井然，咸宜左右；
东瞰日，西瞰月，南瞰山，北瞰水，高也明也，宛在中央。

壁间无名诗一首：

搔首乾坤几醉醒，年来游屐未曾停；双柑斗酒孤山路，一片
风云护落星。

六桥三竺两模糊，野鹤寒梅一屿孤，删尽繁华归淡泊，寥寥
千载一林逋。

山顶荷池，颇宜消夏；湖中风景，此为最佳，因俯瞰环眺，在在皆为胜境，竹韵荷香，总是雅人深致。

公园即行宫改建，复阁回廊，周环相通，凿石为基，削岩成壁，道水成池，植花成喂，以湖山自然之胜，略加人工，其富艳可想。渡桥登山，到后边宜殿建山上，含岩石于殿中，注清泉于座下，一室之中，山水奇观毕具。左右高楼，近可挹湖光，远可以吞山色，惜现多倾颓，已非旧观。

"平湖秋月"，为十景中之一，前临外湖，旁构重轩，曲栏画槛，直挹波际；想秋月圆时其风景之美，始能全现；乍视觉一湖濛潋潋，几栏回廊，是无足奇。额曰："湖天一碧。"有彭玉麟一联为：

> 凭栏看云影波光，最好是红蓼花疏，白苹秋老；
>
> 把酒对琼楼玉宇，莫孤负天心月到，水面风来。

平湖秋月，来时非秋更无月，故无景；断桥残雪，来时非冬更无雪，故无景；草径中虫鸣，湖岸傍蛙叫；暮夜风清，飘荡湖中，凝眸望去，俨然海上仙山，隐约恍惚于缥缈虚无之间；望岸上明灯千盏，我又归繁华境地，作无味敷衍的生活，非我所欲的生活啊！

湖上风景，已游其大概，唯异境在山中人迹罕至之处；故今日之游，舍船用竹轿，游行万岩中，希望探窥深幽间的妙处。缘着内湖，白堤，过卧龙山在、白莲祠面抵葛岑山脚。时天气阴沉，空气清爽，两旁杨柳，碧绿夹道，落花铺地，鸟语如簧，竹轿拂杨披柳，隐约望之，俨然人入画图中！坐轿中不如地行舒适，且无谈伴，幸蝉声抑杨林间，如慰我的沉闷！过玛瑙寺未入内，在此能望见初阳台上顶；黄牛踟蹰于芳草中间；石像已生满苔藓，倒卧草中；在在皆为极雅致之风景。绕岳庙栖霞岭到香山小洞，小湖碧青四环，岸上柳，湖中影，一样碧绿，人影反映亦浸成绿色；俨然游于翠玉浴池！有殿供金佛数尊；洞中供观世音；建于洞壁上，玉乳下滴，幽深清凉；令人生惧心！旁有小楼数间，为夏日避暑地，清凉如秋。上轿过清溪稻田，万顷青碧；野花小草间，时有白黄蛱蝶飞舞其间。路旁峭岩削壁，万骨嶙峋，山势既高，故轿行亦慢；上下振动的速度遂增加。枫叶朱染，映在碧绿的林内，红艳可爱！山坡有花，白黄相间；问轿夫，他说是栗子花。轿抵紫云洞落下；有石坊，额曰"紫云胜境"，有联为"灵鬼灵山风马云车历历，一丘一壑玉阶凉夜愔愔"。缘石阶上去，有寺名"智禅寺"，再进为大雄宝殿，旁有小门，额曰"洞天福地"，进小门陡觉阴深幽凉，顿使罗衣生寒。缘怪石下去，峭耸嵌空，奇崖削壁，色如暮云凝紫，几疑身入仙府！从洞口下石级二十余，窿如堂，内外明朗；岩间玉乳滴沥，声如玉磬；空中石楼倒垂，上设峻槛；拾级上在岩洞中供西方三圣神像，张颂元题"云根净土"于其上。中有泉方可三尺，水极清澈，深不可测，名"七宝泉"。石上满生苍苔，油绿可爱。此洞状既幽深，石都嶙峋；清凉澈骨，寒沁胸襟，真夏季的福地。西湖山中妙景，此其一。壁上石刊诗数首，择一录如下：

黄龙带左栖霞右，牝洞居然居路中，未可鸣鞭过弗入，春风坐似拂秋风。

下山时在稻田中有一碧头红嘴的小鸟，在水里喝水，见我们轿子过去，它走近两步向我点点头，飞着向碧林中去了！小鸟啊！你认识的故人吗？在我的家乡梅树的枯枝上，我在前二年曾看见一支碧头红嘴的小鸟，在那里啁啾；一天，就飞去永没有再回来；今天这小鸟似非似是，令我不解！但宇宙间事物只可遇之无意中，又何必斤斤然去计较是非呢？当时引起我不少的感想来——我只顾想着这最虚无飘渺的幻想，已经过了灵隐寺，一直上韬光去。一路落花沉涧，鸟语如簧，竹韵涛声，别饶风致！缘石阶曲折而上，有石亭额匾"韬光"两字。再登为韬光禅寺，入内有引水处，金莲池鹤岭，风景幽雅，读书其中，真能足迹不到城市。再上为吕金攸宗祠，两峰夹峙，翠螺如黛。再上为观海楼，有高宗御书"云岑日观"，有骆宾王之"楼观沧海日，门对浙江潮"。登此真觉海阔天空，别开眼界。再上为炼丹台，有吕仙洞，嵌"丹崖空洞"四字。崖下有水，点滴如乳泉，有老和尚向我们谈吕洞宾故事，颇津津有味。云烟苍茫，风高衣寒；身体摇摇欲坠，几欲飞去！真是"岭树湖云沉足底，江潮海日上眉端"；依稀能看见一线沧海。北高峰我本欲去，后惠和说："不用去吧，太高了！"下山时，枫叶遍落山涧，红艳可爱！我择了几叶夹到书里。林中徐步，翠幕下甚觉清凉。壑雷亭前瀑布，因雨后更觉美丽，有联如：

飞瀑停水，迹在名山偏耐冷；

巨雷纵擘，心如止水总无惊。

据卧薪告我，北高峰上有景晖亭，亭中有碑，人登其上，如入云中，四面风拂，袖袂生寒，望见西湖如丸，钱塘江已全如了掌。十二时我们在灵隐寺旁的饭店，略吃点点心；吃完饭后遂乘轿到天竺去。先到下天竺，自灵隐寺至天门，周围数十里，两山相夹，峦岫重裹，林壑之美，实聚于下天竺。入内香烟萦绕，嗅之欲醉，有许多太太们拿着香烛进香。观音殿上有仙山一座，上有多神，男女皆有；再进为大佛殿，有子孙娘娘神，龛前有许多小孩。庙前有无数香铺，想都是很兴旺的生意！一路上进香的妇女，都联络不绝于道，或坐轿或走。中天竺距下天竺约一里路，法真寺中有池碧青，（有鱼）非金鱼似鲫鱼，长约尺许，亦皆五色。上天竺因为都是庙和佛殿，并且听轿夫说和中天竺、下天竺相同，所以我们决计不去上天竺，去龙井山去。

当我轿子过那青翠的山时，我不禁觉着我现时的心太繁杂了，充满了人间的污点同烦闷；我想在西湖的山川里，一灈我二十年来沾染的人间污点。但我的心是最懦弱不过的；我的身体是不自由的。为了白发的双亲，期望和爱恋，我只得在那万恶的深渊里浮沉去、人间的丝已缚得我紧紧地；我斩不断我天性中的爱恋啊！万绿丛中我在轿里想着，这许多风景，也是一时的印痕，如电光一般的过去了；离合聚散，都在这一瞥里；明天我将要别了我永久爱恋的西湖去。白香山说："未能抛得杭州去，一半勾留为此湖。"我不禁也感到这种痛苦；愿留着我未画的西湖，作我他日的逗留。

两岸稻田秧穗，一束束在水的浅处浸着。前面屏着青翠的山，旁边临着碧绿的泉；天上啊？人间？每一个枝头，都留我一点粉屑碎了的心在里边。过路里鸡龙山的中间，有庙正在唱戏，观者很多。时时能看见草里的荒冢，山坡下有几间瓦房，小鸡都散在坡下的草地上觅食，其间花香扑鼻，水声淙淙，竹韵瑟瑟，这好景在我的脑海里已堆集成好几层；所以使我更觉着模糊。不觉已到龙井，亭曰"过豁亭"，有泉自山巅冲下，汇成小溪，绿萍满覆，旁有茅屋数间。抵龙井寺，遂下轿，见墅上碑字已模糊不能辨，再进，匾为"引人入胜"，壁上有"风篁余韵"，"爱其瑰青"，皆高宗御笔。圆洞中出泉，激成瀑布，如练下奔，井水供品茶用，有"钟灵毓秀"刊石上，有"龙泉试茗"刊其崖顶，山石成阶，琢自天成。有极大山洞，石洁如玉，雨后润泽欲滴。右行有小亭，有康有为题"江湖一勺亭"；茶树尚在狮子峰，距此尚有二里遥。至小亭稍息，茶淡而香，亭上可观西湖之一角，白银一片，民房如鳞；清风徐来，心胸皆醉，竹韵冷然，如置身清凉画图中。

　　轿行山下，蜿蜒而上，俯视下方，云烟脚底；至绝顶，同学辈皆下轿步行，隐约碧绿中衣衫鲜丽。抵烟霞洞，旁有石极光滑，皆山水浸泽的缘故。绿槐修竹，张天如幕。（沿）阶级登其顶有"烟霞此地多"五字嵌石壁内，有诗刊石上："初入烟霞片乱无，老僧学信住茅屋；往来三十余年后，琼岛瑶台曲径铺。久仰名山幽境寻，六旬有二惯登临；自来小住清阁课，煮茗浇花乐更深。"壁皆满刊佛像，如飞来峰，有洞甚深，轿夫云内有蛇，故未敢进去。壁刊"天留胜地"四字。再上为"陟屺亭"，有联为"得来山水奇观，与君选胜；对此烟霞佳景，使我思亲"。山壁上有："佛地诗情。"登此一望，群峦列笏，迎风长啸；修竹万竿，幽寂高岑；我觉西湖各风景，此为我最爱。有"吸江亭"，旁有题词为："学信开土新辟一亭，自烟霞洞凿石通径而上；远吞山光，俯挹江潮，往来空气呼吸可通，请题客额，以吸江称之。"有联为"四大空中独留云往，一峰缺处远看潮来"。远望旭日出海，江湖涌金，晓雾成霞，山岚抹黛。烟云冉冉，生于脚下；幽壑深林，风景特殊；我不禁留恋久之。下有双栖冢，系周兑积与其夫人金凤藻女士合葬于此。再上为师复墓，师复为世界语学者，社会主义宣传者，创晦鸣学舍世界语研究会，发刊《民声》杂志，后呕血死，葬于此地。有卧狮阁，因匆匆下未探其秘，至恫口，有慧文同孝琪购茶。我拾级下，俯望万绿荫遮，烟霞丛生，瀑流喷薄，坠玉飞珠，洞水深幽，调笙鼓瑟，仰视可摸罗松之末，飘渺入云。那时我的灵魂不禁出云霄而凌驾烟霞，冉冉扶摇直上！再上为南高峰，为经济时间，未暇登其巅。乘轿过夕岚亭，对面为"南高揽胜"，登南高必经之途。时已夕阳西下，赤日已敛其光辉，清风徐来，胸襟豁然开朗；山坡下有白羊游于碧草间，山崖中有鸡觅食稻粟，有携筐村女，其清艳不带俗像，岂亦西湖之钟秀欤？

大仁寺内有石屋洞，壁刊"印心石屋"；洞门嵌"沧海浮螺"，崖如刀削，嶙峋作顶，上刊无数佛像。池中有青红小石，晶莹可爱，水清可鉴底，有二飞仙，系裸体女神，面相向嵌两壁顶上。有汇真泉，再上有乾坤洞小石屋，奇石卧地，圆滑可鉴；再上为青龙洞，蜿蜒深入；唯惜时间已暮，故未能尽兴探奇，今回忆之殊甚怅怅！出此洞，一路秀峰削立，小溪横流。抵定慧禅寺，山门有石塔旁立，高约五尺。无山不青，无水不韵；石涧中涌泉，喧声如西子呢喃！于荫清凉，杜鹃唧啾；美景皆是，惜我无生花妙笔。佛殿内有方池，宽长各二尺，水取之不竭，亦不溢出，名"虎跑泉"。壁上东坡题诗，已模糊，不过尚可观其大概，为：

> "紫李黄瓜村路香，乌纱白葛道衣裳；凉避门野寺松荫，转
> 欹枕风轩梦长。因病得闲殊不恶，心安是约更无方；道人不惜阶
> 前水，惜与匏樽自去尝。"

后有济祖道院。再进为紫金罗汉阿那尊者济公佛祖的塔。游完至亭稍息，略品虎跑清泉，遂出寺。一路风来夜寒，碧崖翠峦皆笼罩在烟云中。蝉声喧谷，山林欲眠，湖水苍碧，雷峰默立中；崖中隐约间吐出烟云，遮遍湖中。暮云四合，晚景模糊；山水烟云浑成一片。我在共游四次，而湖光山色，峰峦迭翠，在在皆觉恋人。我在船中只觉着山色依依，尚知不舍；湖水漾漾，宛若留人；可怜我"征途行色惨风烟，祖帐离声咽管弦"，"处处回首何堪恋，就中难别是湖边。"（可）把白香山别西湖的诗，拿来表我当时的情形。

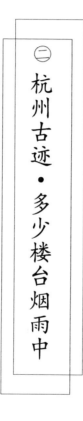

（二）杭州古迹·多少楼台烟雨中

冷泉亭，位于灵隐寺西南角。四季的往来，对此处，是十分偏爱的。春有草熏木欣，夏有泉淳风泠。这里能包容一切，净化一切，给我们一个更纯、更美的世界。

东南山水，余杭郡为最；就郡言，灵隐寺为尤；由寺观，冷泉亭为甲。亭在山下，水中央，寺西南隅。高不倍寻，广不累丈，而撮奇得要，地搜胜概，物无遁形。春之日，我爱其草熏熏，木欣欣，可以导和纳粹，畅人血气。夏之夜，我爱其泉淳淳，风泠泠，可以蠲烦析酲，起人心情。山树为盖，岩石为屏，云从栋生，水与阶平，坐而玩之者可濯足于床下，卧而狎之者可垂钓于枕上。矧又潺湲洁彻，粹冷柔滑，若俗士，若道人，眼耳之尘，心舌之垢，不待盥涤，见辄除去，潜利阴益，可胜言哉！斯所以最余杭而甲灵隐也。

杭自郡城抵四封，丛山复湖，易为形胜。先是领郡者，有相里君造虚白亭，有韩仆射皋作候仙亭，有裴庶子棠棣作观风亭，有卢给事元辅作见山亭，及右司郎中河南元藇最后作此亭。于是五亭相望，如指之列，可谓佳境殚矣，能事毕矣。后来者虽有敏心巧目，无所加焉，故吾继之，"述而不作"。长庆三年八月十三日记。

天竺山日观大师塔记

[宋] 范仲淹

逃离了世俗热闹，于高山塔寺间，心闲无事的我，便来坐听琴音。日日与山水对晤，天天以禅经诵读。世间万物，自在心中，皆不必说。

师，钱塘人也，姓仲氏，名善昇。十岁出家，十五通诵《法华经》，十七落发，受具戒。客京师三十年，与儒者游，好为唐律诗，且有佛学。天禧中，诏下僧录简长等注释御制《法音集》，师预选中。书毕，诏赐师名。遂还故里，公卿有诗送行。师深于琴，余尝听之，爱其神端气平，安坐如石，指不纤失，微不少差，迟速重轻，一一而当。故其音清而弗哀，和而弗淫，自不知其所以然，精之至也。予尝闻故谕德崔公之琴，雅远清静，当代无比，如师则近之矣。康定中，入天竺山，居日观庵，曰："吾其止乎！"不下山者十余年，诵《莲经》一万过。皇祐元年，余至钱塘，就山中见之。康强精明，话言如旧。一日，遣侍者持书谢余曰："吾愿足矣，将去人世，必藏于浮图之下，愿公记焉。"又一日，侍者来告曰："师化矣。"其门人中霭等葬师于塔，复以师之言，求为之铭。铭曰：

　　山月亭亭兮，师之心；山泉泠泠兮，师之琴。真性存兮，孰为古今。聊志之兮，天竺之岑。

有美堂记

[宋] 欧阳修

有美堂，位于杭州吴山上。若你来杭州，我想把这一处，告诉于你。这是每一个杭州人皆知晓的。登临吴山，正遇此堂，此处通往人间美景。

嘉祐二年，龙图阁直学士尚书吏部郎中梅公出守于杭。于其行也，天子宠之以诗，于是始作有美之堂，盖取赐诗之首章而名之，以为杭人之荣。然公之甚爱斯堂也，虽去而不忘。今年自金陵遣人走京师，命予志之，其请至六七而不倦。

予乃为之言曰：夫举天下之至美与其乐，有不得兼焉者多矣。故穷山水登临之美者，必之乎宽闲之野、寂寞之乡，而后得焉；览人物之盛丽，夸都邑之雄富者，必据四达之冲、舟车之会，而后足焉。盖彼放心于物外，而此娱意于繁华，二者各有适焉，然其为乐不得而兼也。

今夫所谓罗浮、天台、衡岳、庐阜、洞庭之广，三峡之险，号为东南奇伟秀绝者，乃皆在乎下州小邑僻陋之邦。此幽潜之士、穷愁放逐之臣之所乐也。若乃四方之所聚、百货之所交，物盛人众，为一都会，而又能兼有山水之美，以资富贵之娱者，惟金陵、钱塘。然二邦皆僭窃于乱世。

及圣宋受命,海内为一。金陵以后服见诛,今其江山虽在,而颓垣废址,荒烟野草,过而览者莫不为之踌躇而凄怆。独钱塘自五代时知尊中国,效臣顺;及其亡也,顿首请命,不烦干戈。今其民幸富完安乐,又其习俗工巧,邑屋华丽,盖十余万家,环以湖山,左右映带;而闽商海贾,风帆浪舶,出入于江涛浩渺、烟云杳霭之间,可谓盛矣。

而临是邦者,必皆朝廷公卿大臣,若天子之侍从,又有四方游士为之宾客;故喜占形胜,治亭榭,相与极游览之娱。然其于所取有得于此者,必有遗于彼。独所谓有美堂者,山水登临之美、人物邑居之繁,一寓目而尽得之。盖钱塘兼有天下之美,而斯堂者又尽得钱塘之美焉。宜乎公之甚爱而难忘也。梅公,清慎好学君子也。视其所好,可以知其人焉。四年八月丁亥,庐陵欧阳修记。

龙井题名记

[宋] 秦观

龙井，位于杭州风篁岭上，又唤龙泓或龙泉。此处泉涌不绝，因泉立亭。来往过客，据亭而憩，饮泉解乏，看万家灯火渲染，听泉水叮咚作响，在这里暂享片刻欢愉。

元丰二年中秋后一日，余自吴兴过杭，东还会稽，龙井辨才法师以书邀予入山。比出郭，已日夕。航湖至普宁，遇道人参寥，问龙井所遣篮舆，则曰："以不时至，去矣。"

是夕，天宇开霁，林间月明，可数毛发。遂弃舟，从参寥杖策并湖而行，出雷峰，度南屏，濯足于惠因涧，入灵石坞，得支径，上风篁岭，憩龙井亭，酌泉据石而饮之。

自普宁经佛寺十，皆寂不闻人声。道旁庐舍，或灯火隐显，草木深郁，流水激激悲鸣，殆非人间有也。行二鼓矣，始至寿圣院，谒辨才于潮音堂。明日乃还。

雨后游六桥记

[明] 袁宏道

六桥,位于西湖苏堤上,分别名为映波、锁澜、望山、压堤、东浦、跨虹。寒食节后,被雨沾湿的桃花,那清幽的芬芳在空气中荡漾。哪怕无法挽留,单来见这最后一面,也是美好的。

寒食后雨,予曰此雨为西湖洗红,当急与桃花作别,勿滞也。午霁,偕诸友至第三桥,落花积地寸余,游人少,翻以为快。忽骑者白纨而过,光晃衣,鲜丽倍常。诸友白其内者皆去表。少倦,卧地上饮,以面受花,多者浮,少者歌,以为乐。偶艇子出花间,呼之,乃寺僧载茶来者。各啜一杯,荡舟浩歌而还。

灵隐

〔明〕袁宏道

灵隐寺，位于杭州北高峰下，面朝飞来峰，乃中国佛教古寺，又名云林寺。该寺规模宏伟，有九楼、十八阁、七十二殿，僧众三千，香火盛极一时。该寺颇为坎坷，曾屡毁屡建。

灵隐寺在北高峰下，寺最奇胜，门景尤好。由飞来峰至冷泉亭一带，涧水溜玉，画壁流青，是山之极胜处。亭在山门外，尝读乐天记有云："亭在山下水中，寺西南隅，高不倍寻，广不累丈，撮奇搜胜，物无遁形。春之日，草薰木欣，可以导和纳粹；夏之日，风泠泉渟，可以蠲烦析酲。山树为盖，岩石为屏，云从栋生，水与阶平。坐而玩之，可濯足于床下；卧而狎之，可垂钓于枕上。潺湲洁澈，甘粹柔滑，眼目之嚣，心舌之垢，不待盥涤，见辄除去。"观此记，亭当在水中，今依涧而立，涧阔不丈余，无可置亭者。然则冷泉之景，比旧盖减十分之七矣。

韬光在山之腰，出灵隐后一二里，路径甚可爱。古木婆娑，草香泉渍，淙淙之声，四分五路，达于山厨。庵内望钱塘江，浪纹可数。

余始入灵隐，疑宋之问诗不似。意古人取景，或亦如近代词客，掇拾帮凑。及登韬光，始知"沧海浙江""扪萝刳木"数语，字字入画，古人真不可及矣。宿韬光之次日，余与石篑、子公同登北高峰，绝顶而下。

游杭州诸胜记

［明］王思任

玉泉寺、保俶塔、法相寺、定慧寺、钱镠王祠、湖心亭、冷泉亭……果真是历史留名胜。而今，我辈登临，不禁感慨，杭州诸胜在时光中慢慢沧桑，又慢慢弥新。

吴山顶极胜，予尝居三茅宫，往眺之，有古松老桧数十章，前瞰海门，后临明圣，大可生事。山主索高价，登水不力，又大盗时至，姑已之。

紫阳宫，石峭斗壁，苍苔绿藓，雨后游之，令我眉飞肉舞。右洞下野鹤蜕存，可以修真，亦可以饮酒。

凤山福院上，石笋如排衙，望大江入海晃晃然，天峰秀拔。其月岩一石圈境，寺僧言中秋时，月嵌于此，不爽锱铢。

西湖之妙，山光水影，明媚相涵，图画天开，镜花自照，四时皆宜也。然涌金门苦于官皂，钱塘门苦僧，苦客，清波门苦鬼。胜在岳坟，最胜在孤山与断桥。吾极不乐豪家徽贾，重楼架舫，优喧粉笑，势利传杯，留门趋入。所喜者野航两棹，坐恰两三，随处夷犹，侣同鸥鹭。或柳堤鱼酒，或僧屋饭蔬，可信可宿，不过一二金而轻移曲探，可尽两湖之致。

昭庆一市闹耳，净寺幽云肥绿可爱，佛宫峻壮，入其中似我身小。东北僧舍皆竹建，寺前莲沼，香红万点，白鸥沙鸟，往来飞啄。酒家鱼藕甚贱，颇适游人。黄贞父寓园在右肩，有石可剔，而无泉可漴，终不若寺门境界之豁爽可坐也。

飞来灵鹫峰，窦剔洞通，宋之问所云龙宫锁寂，庶几形至。然读其全首，兼语灵隐，不独"楼观沧海日，门对浙江潮"也。其幽斗处曰韬光，在巢沟坞内。其叠翠处曰酉清，曰岣嵝，家家以竹笕邮泉，倒行而激取之。可爱在分支擘脉，老树万千，老竹争蔽，戏獝腾猿时或一见。我心所悦者，洞道石桥上，听水看山实为撮要。若雪霁后着一红衲祆，持天台寿藤，步过僧舍，亦画中一快仙矣。

九里松夹灵隐路植，有六朝者，有南宋者，有国初所补者，龙擎虬舞，不与六桥桃柳争媚。

观大士道场，水则南海，而山则上天竺，在北高峰麓，风气团结，龙虎会合，宜其香灯之盛也。所可憾者，夹道残人叫号乏败。中天竺在稽留峰北，共一佛也，过之无问者。下天竺在飞来峰下，岩洞嵌空，寺后有三生石，圆泽托生王氏事也。其磊魂堆垛者以千万计。有一聚气之所，庵之可以得道，内湖外江，予特访之，留待缘人。

玉泉寺方池二亩，蓄鱼五色者百头，游人拍手呼之，唦以饼，辄出应供。坐眠云堂，吸龙井茶一瓯，绿风生于两腋。

石屋、烟霞二洞，皆琢佛累累，醉游者各书姓字，与酒气肉风共留。洞亦何奇，仅可一时逃雨。其下有水乐洞，泉响似金石，可探而有之。

过惠因涧，取支径上风篁岭，而至辨才圣寿院。有亭曰龙井，水出龙口，流流然。寺僧饭我于潮音堂。绿云翠雨，衣骨皆寒，试其茶与泉争白。

自秦少游参寥访后，予与褚生元师犹子缄三共之。

保叔塔有天然图画阁，胜绝。左江右湖，烟岚万千。至于返照蒸霞，其锦明玉采之奇，映发杯底。不知雪后更当何如？可以呼鹰落雁矣。

法相寺有长耳佛，云定光者是。吴妇祈嗣者踵接，而媚僧者亦摩肩矣。以故徒蓄妖淫，斋供甚侈。然老竹古杉，森立可仪。

赤山埠往南三四里，走林壑中，大率苍荡寒翳。上一岭而得定慧寺，坐大慈山如交椅然，门榜万象森罗，杉桧皆数百年物。入看虎跑泉，言南岳分至。泉甘而冽，载到城，担可百钱，汲不停手。予以萝荠试之，僧以龙井和之，一时逸气泠然，此子瞻题诗后一乐也。

包家园何难润屋，但其一派雪水滚至，石芽壑笋，沸走云淙，此作泉亭状首，次则传锦衣过街竹阁下，有石三丈，清流扁泻，可以追凉风取清枕，特为粘出。

于忠肃祠，入之毛竦。杭人以至日祈梦，梦不可解，解后则环伸酥破。山高木秀，安得此间结庐？即浴鹭湾小舠一饭，截住跑泉七碗，习习风生。

钱镠王祠，僻静可依。坡公碑四统间立，乃吃糯米饭后所书者。

六桥花柳妍媚，忽尔松柏威森，则精忠武穆之庙墓也。山环水潆，醉人狂子，岸帻者整巾，笑喧者习肃，嗟呼！人心尚有血在。白杨碧槚，鸟亦悲啼。奸桧等铸错接反，头颈俱断。此死铁耳，何不于金牌十二时，效澹庵先生一按哉？予令茂陵，过汤阴，晤其子孙，即苗发者皆凛凛有生气。垂老分节九江，谒其祠已颓废，捐俸葺之。尝读其词吟笔表，雄伟理密，不但武穆，亦文渊也。丰碑大刻，何足揄扬其万一乎！

圣之清者，在花木曰梅，在禽鸟曰鹤。孤山处士终身不娶，以鹤为妻，而梅且妾之。喜客，喜僧，喜茶，喜蔬酌，喜吟，喜游，喜放浪，喜独岭上探梅、亭中放鹤，人皆知之，不知其孤山之妙。

湖心亭宜月，宜雪，宜烟雨，宜晚霞落照。然而醉少狂騃，遗溲撒屎，写句题名，不辱尽之不止。太监孙隆作文昌阁其上，差有顾忌。

两堤梅桃杨柳，花事斓斒殊有致。而恶俗辈如伐薪然，似与之为仇为妒，必欲剥其肢体者，不可解。又有折断此枝花，即投树下而去者，更不可解。

冷泉亭，架壑据峰，山既飞来，水亦飞至。望之如擘鹅滚鹭，旋雪团银，快我胸背。同年李我存、黄淚河觞予是间，复共探窟穿岩，看其中石乳垂滴，诸佛大士像星列，其青紫石光迸处，云瀼瀼起，可爱也。二兄醉别，而予入韬光，问钱岳阳先辈之目眚，乐游者三日。

放生池，不甚荡漾。予往观之，正值莲池师在舟中为虞德园授戒，闽中方大将军就之剃发，时丁未六月初一日也。予执弟子礼皈依，师谦让未遑，为予讲“受想行识”四字，几数百言，生平得其享用。又敕予做官，以痛苦百姓皮肉为主，异日自有子孙之报。至言哉！是日具螺蟮者舟比比，亦有放而死者，亦有随放随取者，水尽红殷。似奉行者不得其法，而莲师之初意亦晦矣。

净慈寺,位于杭州西湖南岸,因寺内钟声洪亮,
"南屏晚钟"成为西湖十景之一。在这千年
寺庙里,不禁让人感觉,或许凭着满心爱意,
就可以私有这山光水色、这一方安宁了。

　　老悔一生感慨多在山水间。何则?既脱胎为好山水人矣,每逢得意处,
辄思携妻子,栖性命骨肉归于此,魂气则与云影水声、山光花色同生灭,
吾愿足矣。所以不如愿者,有志气,无时运,想功名,恋声色,为造化小
儿玩弄三十余年。至天地反覆时,乃心灰冷,老死山水之志始坚,而买山
钱不能办矣。虽剪落入云门、秦望间,山中人喜为结草团瓢,约日供薪米,
而白幢白伞,又逐之投城市矣。谋还枫溪,则刀兵聚处,不第娱老岩穴不可得,
即耽玩泉石亦不可得矣。乃知所谓有志者事竟成,徒虚语尔。复为造化小
儿玩弄五六年,良可悯叹。

　　庚寅七月,与胡秋观游净慈寺,访老僧般舟者,与老莲有斋戒之因,
同曲蘖之好,将商略挈榼提壶,从烟霞、石屋入玲珑庵,登南高峰,写佛
菩萨,乃还看盂兰盆会。般舟素不出门,今忽入城市,不亦为造化小儿玩
弄一日乎?

记花坞

〔清〕林纾

花坞，位于杭州西溪附近。本是以花多著称，奈何我来不逢时，不见那五彩缤纷的花。穿径绕溪，映入眼帘的皆是竹绿，是竹曳。原来，无花的花坞也是芳容难掩的。

　　行西溪未半，至吴家湖头，登陆可三里所，入花坞矣。坞以多花名，余来初不见花。一径绝窄，出万竹中，幽邃无穷。崖下多沃壤，尽以莳竹。小溪宛宛如绳，盘出竹外。溪次有微径两三道，咸阴沉，上沮白日。细草翠润，香气蓊葧。稍南多杉，霜皮半作深紫之色，杂立竹中，紫翠荡漾，如垂湘帘。路断辄支石梁，潭水出其下，为小石所沮，潨然作声。潭中生石菖蒲，小鱼出没蒲根，涵虚若空游，或联队行，或否。藕香桥景愈幽丽。路右趣至潭而毕，过桥乃得路。深绿间出红叶，人声阒然，画眉之声始纵。茅庵十九处，不相袭，各自为构：或砌小石级，状若修蚓入云，莫穷其端；或疏篱当竹，梵唱琅然；或银墙沿竹，墙尽不见门宇柴关。乃背临溪上，步武错连，窈然而深，廓然而容，皆因竹为曲折也。白云堆斗绝，左倚深丛，右临枯潭，樵步出没，瞥如猿猱。小庵当群松而门，庵后四山合沓，时出云气。

弥望皆竹，风过籁发，萧然不类人境。僧言花坞路止此矣。

同游者十人，杨宝臣先生年七十，最健，约余为后游。余许以明春来看新竹，因借笔纪之僧壁。己亥九月十日。

花坞

郁达夫

住久了杭州，郁达夫自然深知花坞的绝妙。竹绿叶涌，清澈溪水，还有庵里的尼媪天然恬淡。可而今，物是人非，再回想，看过了曾经的朴实而纯真，真是大幸啊。

"花坞"这一个名字，大约是到过杭州，或在杭州住上几年的人，没有一个不晓得的，尤其是游西溪的人，平常总要一到花坞。二三十年前，汽车不通，公路未筑，要去游一次，真不容易；所以明明知道这花坞的幽深清绝，但脚力不健，非好游如好色的诗人，不大会去。现在可不同了，从湖滨向北向西的坐汽车去，不消半个钟头，就能到花坞口外。而花坞的住民，每到了春秋佳日的放假日期，也会成群结队，在花坞口的那座凉亭里鹄候，预备来做一个临时导游的脚色，好轻轻快快地赚取游客的两毛小洋；现在的花坞，可真成了第二云栖，或第三九溪十八涧了。

花坞的好处，是在它的三面环山，一谷直下的地理位置，石人坞不及它的深，龙归坞没有它的秀。而竹木萧疏，清溪蜿绕，庵堂错落，尼媪翩翩，更是花坞独有的迷人风韵。将人来比花坞，就像浔阳商妇，老抱琵琶；将花来比花坞，更像碧桃开谢，未死春心；将菜来比花坞，只好说冬菇烧豆腐，

135

汤清而味隽了。

我的第一次去花坞，是在松木场放马山背后养病的时候，记得是一天日和风定的清秋的下午，坐了黄包车，过古荡，过东岳，看了伴凤居，访过风木庵（是钱唐丁氏的别业），感到了口渴，就问车夫，这附近可有清静的乞茶之处？他就把我拉到了花坞的中间。

伴凤居虽则结构堂皇，可是里面却也坍败得可以；至于杨家牌楼附近的风木庵哩，丁氏的手迹尚新，茅庵的木架也在，但不晓怎么，一走进去，就感到了一种扑人的霉灰冷气。当时大厅上停在那里的两口丁氏的棺材，想是这一种冷气的发源之处，但泥墙倾圮，蛛网绕梁，与壁上挂在那里的字画屏条一对比，极自然地令人生出了"俯仰之间，已成陈迹"的感想。因为刚刚在看了这两处衰落的别墅之后，所以一到花坞，就觉得清新安逸，像世外桃源的样子了。

自北高峰后，向北直下的这一条坞里，没有洋楼，也没有伟大的建筑，而从竹叶杂树中间透露出来的屋檐半角，女墙一围，看将过去却又显得异常的整洁，异常的清丽。英文字典里有 Cottage 的这一个名字；而形容这些茅屋田庄的安闲小洁的字眼，又有着许多像 Tiny, Dainty, Snug 的绝妙佳词，我虽则还没有到过英国的乡间，但到了花坞，看了这些小庵却不能自己地便想起了这种只在小说里读过的英文字母。我手指着那些在林间散点着的小小的茅庵，回头来就问车夫："我们可能进去？"车夫说："自然是可以的。"于是就在一曲溪旁，走上了山路高一段的地方，到了静掩在那里的，双黑板的墙门之外。

车夫使劲敲了几下，庵里的木鱼声停了，接着门里头就有一位女人的声音，问外面谁在敲门。车夫说明了来意，铁门闩一响，半边的门开了，出来迎接我们的，却是一位白发盈头，皱纹很少的老婆婆。

庵里面的洁净，一间一间小房间的布置的清华，以及庭前屋后树木的参差掩映，和厅上佛座下经卷的纵横，你若看了之后，仍不起皈依弃世之心的，我敢断定你就是没有感觉的木石。

那位带发修行的老比丘尼去为我们烧茶煮水的中间，我远远听见了几声从谷底传来的鹊噪的声音；大约天时向暮，乌鹊来归巢了，谷里的静，反因这几声的急噪，而加深了一层。

我们静坐着，喝干了两壶极清极酽的茶后，该回去了，迟疑了一会，我就拿出了一张纸币，当作茶钱，那一位老比丘尼却笑起来了，并且婉慢地说：

"先生！这可以不必；我们是清修的庵，茶水是不用钱买的。"

推让了半天，她不得已就将这一元纸币交给了车夫，说："这给你做个外快吧！"

这老尼的风度，和这一次逛花坞的情趣，我在十余年后的现在，还在津津地感到回味。所以前一礼拜的星期日，和新来杭州住的几位朋友遇见之后，他们问我"上哪里去玩？"我就立时提出了花坞，他们是有一乘自备汽车的，经松木场，过古荡东岳而去花坞，只须二十分钟，就可以到。

十余年来的变革，在花坞里也留下了痕迹。竹木的清幽，山溪的静妙，虽则还同太古时一样，但房屋加多了，地价当然也增高了几百倍；而最令人感到不快的，却是这花坞的住民的变作了狡猾的商人。庵里的尼姑，和退院的老僧，也不像从前的恬淡了，建筑物和器具之类，并且处处还受着了欧洲的下劣趣味的恶化。

同去的几位，因为没有见到十余年前花坞的处女时期，所以仍旧感觉得非常满意，以为九溪十八涧、云栖决没有这样的清幽深邃；但在我的内心，却想起了一位素朴天真，沉静幽娴的少女，忽被有钱有势的人奸了以后又被弃的状态。

1935 年 3 月 24 日

记风雨茅庐

郁达夫

风雨茅庐，位于杭州市上城区，是郁达夫操刀的居所。搬来杭州，既然想栖居于此，必然要有一个归宿之地。因此，谁若没有这样一所房子，都是应该去建造的。

自家想有一所房子的心愿，已经起了好几年了；明明知道创造欲是好，所有欲是坏的事情，但一轮到了自己的头上，总觉得衣食住行四件大事之中的最低限度的享有，是不可以不保住的。我衣并不要锦绣，食也自甘于藜藿，可是住的房子，代步的车子，或者至少也必须一双袜子与鞋子的限度，总得有了才能说话。况且从前曾有一位朋友劝过我说，一个人既生下了地，一块地却不可以没有，活着可以住住立立，或者睡睡坐坐，死了便可以挖一个洞，将己身来埋葬；当然这还是没有火葬，没有公墓以前的时代的话。

自搬到杭州来住后，于不意之中，承友人之情，居然弄到了一块地，从此葬的问题总算解决了；但是住呢，占据的还是别人家的房子。去年春季，写了一篇短短的应景而不希望有什么结果的文章，说自己只想有一所小小的住宅；可是发表了不久，就来了一个回响。一位做建筑事业的朋友先来说："你若要造房子，我们可以完全效劳"；一位有一点钱的朋友也说："若通融得少一点，或者还可以想法"。四面一凑，于是起造一个风雨茅庐的计划即便成熟到了百分之八十，不知我者谓我有了钱，深知我者谓我冒了险，但是有钱也吧，冒险也吧，入秋以后，总之把这笑话勉强弄成了事实，在现在的寓所之旁，也竟丁丁笃笃地动起了工，造起了房子。这也许是我的Folly，这也许是朋友们对于我的过信，不过从今以后，那些破旧的书籍，以及行军床，旧马子之类，却总可以不再去周游列国，学夫子的栖栖一代了，在这些地方，所有欲原也有它的好处。

本来是空手做的大事，希望当然不能过高；起初我只打算以茅草来代瓦，以涂泥来作壁，起它五间不大不小的平房，聊以过过自己有一所住宅的瘾的；但偶尔在亲戚家一谈，却谈出来了事情。他说："你要造房屋，也得拣一个日，看一看方向；古代的《周易》，现代的天文地理，却实在是有至理存在那里的呢！"言下他还接连举出了好几个很有征验的实例出来给我听，而在座的其他三四位朋友，并且还同时做了填具脚踏手印的见证人。更奇怪的，是他们所说的这一位具有通天入地眼的奇迹创造者，也是同我们一样，读过哀皮西提，演过代数几何，受过现代高等教育的学校毕业生。经这位亲戚的一介绍，经我的一相信，当初的计划，就变了卦，茅庐变作了瓦屋，五开间的一排营房似的平居，拆作了三开间两开间的两座小蜗庐。中间又起了一座墙，墙上更挖了一个洞；住屋的两旁，也添了许多间的无名的小房间。这么的一来，房屋原多了不少，可同时债台也已经筑得比我的风火围墙还高了几尺。这一座高台基石的奠基者郭相经先生，并且还在劝我说："东南角的龙手太空，要好，还得造一间南向的门楼，楼上面再做上一层水泥的平台才行"。他的这一句话，又恰巧打中了我的下意识里的一个痛处；在这只空角上，我实在也在打算盖起一座塔样的楼来，楼名是十五六年前就想好的，叫作"夕阳楼"。现在这一座塔楼，虽则还没有盖起，可是只打算避避风雨的茅庐一所，却也涂上了朱漆，嵌上了水泥，有点像是外国乡镇里的五六等贫民住宅的样子了；自己虽则不懂阳宅的地理，但在光线不甚明亮的清早或薄暮看起来，倒也觉得郭先生的设计，并没有弄什么玄虚，和科学的方法，仍旧还是对的。所以一定要在光线不甚明亮的时候看的原因，就因为我的胆子毕竟还小，不敢空口说大话要包工用了最好的材料来造我这一座贫民住宅的缘故。这倒还不在话下，有点儿觉得麻烦的，却是预先想好的那个风雨茅庐的风雅名字与实际的不符。皱眉想了几天，又觉得中国的山人并不入山，儿子的小犬也不是狗的玩意儿，原早已有人在干了，我这样小小的再说一个并不害人的谎，总也不至于有死罪。况且西湖上的那间巍巍乎有点像先施、永安的堆栈似的高大洋楼之以 XX 草舍作名称，也不曾听见说有人去干涉过。多一事不如少一事，九九归原，还是照最初的样子，把我的这间贫民住宅，仍旧叫作了避风雨的茅庐。横额一块，却是因马君武先生这次来杭之便，硬要他伸了疯痛的右手，替我写上的。

一九三六年一月十日

雷峰塔下——寄到碧落

庐隐

雷峰塔,位于杭州西湖风景区南岸夕照山上,又名黄妃塔。在雷锋塔下,主人公"我"想起了与丈夫涵的点点滴滴。无法平复的内心,在涵走后的每一个日子里,皆是动荡不已。

涵!记得吧!我们徘徊在雷峰塔下,地上芊芊碧草,间杂着几朵黄花,我们并肩坐在那软绵的草上。那时正是四月间的天气,我穿的一件浅紫麻沙的夹衣,你采了一朵黄花插在我的衣襟上,你仿佛怕我拒绝,你羞涩而微怯的望着我。那时我真不敢对你逼视,也许我的脸色变了,我只觉心脏急速的跳动,额际仿佛有些汗湿。

黄昏的落照,正射在塔尖,红霞漾射于湖心,轻舟兰桨,又有一双双情侣,在我们面前泛过。涵!你放大胆子,悄悄的握住我的手,——这是我们头一次的接触,可是我心里仿佛被利剑所穿,不知不觉落下泪来,你也似乎有些抖颤,涵!那时节我似乎已料到我们命运的多磨多难!

山脚上忽涌起一朵黑云,远远的送过雷声,——湖上的天气,晴雨最是无凭,但我们凄恋着,忘记风雨无情的吹淋,顷刻间豆子般大的雨点,淋到我们的头上身上,我们来时原带着伞,但是后来看见天色晴朗,就放在船上了。

雨点夹着风沙，一直吹淋。我们拼命的跑到船上，彼此的衣裳都湿透了，我顿感到冷意，伏作一堆，还不禁抖颤，你将那垫的毡子，替我盖上，又紧紧的靠着我，涵！那时你还不敢对我表示什么！

晚上依然是好天气，我们在湖边的椅子上坐着，看月。你悄悄对我说："雷峰塔下，是我们生命史上一个大痕迹！"我低头不能说什么，涵！真的！我永远觉得我们没有幸福的可能！

唉！涵！就在那夜，你对我表明白你的心曲，我本是怯弱的人，我虽然恐惧着可怕的命运，但我无力拒绝你的爱意！

从雷峰塔下归来，一直四年间，我们是度着悲惨的恋念的生活。四年后，我们胜利了！一切的障碍，都在我们手里粉碎了。我们又在四月间来到这里，而且我们还是住在那所旅馆，还是在黄昏的时候，到雷峰塔下，涵！我们那时毫无所拘束了。我们任情的拥抱，任意的握手，我们多么骄傲……

但是涵！又过了一年，雷峰塔倒了，我们不是很凄然的惋惜吗？不过我绝不曾想到，就在这一年十月里你抛下一切走了，永远的走了，再不想回来了！呵！涵！我从前惋惜雷峰塔的倒塌，现在，呵！现在，我感谢雷峰塔的倒塌，因为它的倒塌，可以扑灭我们的残痕！

涵！今年十月就到了。你离开人间已经三年了！人间渐渐使你淡忘了吗？唉！父亲年纪老了！每次来信都提起你，你们到底是什么因果？而我和你确是前生的冤孽呢！

涵！去年你的二周年纪念时，我本想为你设祭，但是我住在学校里，什么都不完全，我记得我只作了一篇祭文，向空焚化了。你到底有灵感没有！我总痴望你，给我托一个清清楚楚的梦，但是哪有？！

只有一次，我是梦见你来了，但是你为甚那么冷淡？果然是缘尽了吗？涵！你抛得下走了，大约也再不恋着什么！不过你总忘不了雷峰塔下的痕迹吧！

涵！人间是更悲惨了！你走后一切都变更了。家里呢，也是树倒猢狲散，父亲的生意失败了！两个兄弟都在外洋飘荡，家里只剩母亲和小弟弟，也都搬到乡下去住。父亲忍着伤悲，仍在洋口奔忙，筹还拖欠的债。涵！这都是你临死而不放心的事情，但是现在我都告诉了你，你也有点眷恋吗？

我！大约你是放心的，一直扎挣着呢，涵！雷峰塔已经倒塌了，我们的离合也都应验了。——今年是你死后的三周年——我就把这断藕的残丝，敬献你在天之灵吧！

一九二八年

（三）

杭州季候·风光不与四时同

西湖七月半

[明] 张岱

七月半的西湖，月明人和，波澜不惊。或许这清风明月，该是人多点才有味道。奈何，总有人贪恋那人少时的风景。毕竟，人多杂乱，雅态难描。

西湖七月半，一无可看，止可看看七月半之人。看七月半之人，以五类看之。其一，楼船箫鼓，峨冠盛筵，灯火优傒，声光相乱，名为看月而实不见月者，看之。其一，亦船亦楼，名娃闺秀，携及童娈，笑啼杂之，环坐露台，左右盼望，身在月下而实不看月者，看之。其一，亦船亦声歌，名妓闲僧，浅斟低唱，弱管轻丝，竹肉相发，亦在月下，亦看月，而欲人看其看月者，看之。其一，不舟不车，不衫不帻，酒醉饭饱，呼群三五，跻入人丛，昭庆、断桥，嘄呼嘈杂，装假醉，唱无腔曲，月亦看，看月者亦看，不看月者亦看，而实无一看者，看之。其一，小船轻幌，净几暖炉，茶铛旋煮，素瓷静递，好友佳人，邀月同坐，或匿影树下，或逃嚣里湖，看月而人不见其看月之态，亦不作意看月者，看之。

杭人游湖，巳出酉归，避月如仇，是夕好名，逐队争出，多犒门军酒钱，轿夫擎燎，列俟岸上。一入舟，速舟子急放断桥，赶入胜会。以故二鼓以前，人声鼓吹，如沸如撼，如魇如吃，如聋如哑，大船小船，一齐凑岸，一无所见，止见篙击篙，舟触舟，肩摩肩，面看面而已。少刻兴尽，官府席散，皂隶喝道去，轿夫叫船上人，怖以关门，灯笼火把如列星，一一簇拥而去。岸上人亦逐队赶门，渐稀渐薄，顷刻散尽矣。

　　吾辈始舣舟近岸，断桥石磴始凉，席其上，呼客纵饮。此时，月如镜新磨，山复整妆，湖复颒面。向之浅斟低唱者出，匿影树下者亦出，吾辈往通声气，拉与同坐。韵友来，名妓至，杯箸安，竹肉发。月色苍凉，东方将白，客方散去。吾辈纵舟，酣睡于十里荷花之中，香气拍人，清梦甚惬。

湖心亭看雪

〔明〕张岱

湖心亭，位于杭州西湖中央，是中国四大名亭之一。大雪三日，西湖穿戴上了一身的白，由喧嚣归于寂静。此时天地空荡，只有几人在亭中煮酒、眺望。

崇祯五年十二月，余住西湖。大雪三日，湖中人鸟声俱绝。是日更定矣，余拏一小舟，拥毳衣炉火，独往湖心亭看雪。雾凇沆砀，天与云、与山、与水，上下一白。湖上影子，惟长堤一痕，湖心亭一点，与余舟一芥，中人两三粒而已。

到亭上，有两人铺毡对坐，一童子烧酒，炉正沸。见余大惊喜，曰："湖中焉得更有此人！"拉余同饮。余强饮三大白而别。问其姓氏，是金陵人，客此。及下船，舟子喃喃曰："莫说相公痴，更有痴似相公者。"

龙山雪

[明] 张岱

龙山，位于杭州千岛湖景区，因山形似龙而得名。十二月的龙山，是一片白的世界，连月光都羞于照耀，寒凉阵阵。而这种白与冷，不仅进入了人的眼里，也进入了人的心里。

天启六年十二月，大雪深三尺许。晚霁，余登龙山，坐上城隍庙山门，李岕生、高眉生、王畹生、马小卿、潘小妃侍。万山载雪，明月薄之，月不能光，雪皆呆白。坐久清冽，苍头送酒至，余勉强举大觥敌寒，酒气冉冉，积雪饮之，竟不得醉。马小卿唱曲，李岕生吹洞箫和之，声为寒威所慑，咽涩不得出。三鼓归寝。马小卿、潘小妃相抱从百步街旋滚而下，直至山趾，浴雪而立。余坐一小羊头车，拖冰凌而归。

白马湖之冬

夏丏尊

这里曾是荒野，这里的冬最令人深刻。风日日都有，门窗总沙沙作响。以至于，后来，不管在哪里，每一个刮风的夜里，我都能想起白马湖来。

在我过去四十余年的生涯中，冬的情味尝得最深刻的，要算十年前初移居白马湖的时候了。十年以来，白马湖已成了一个小村落，当我移居的时候，还是一片荒野。春晖中学的新建筑巍然矗立于湖的那一面，湖的这一面的山脚下是小小的几间新平屋，住着我和刘君心如两家。此外两三里内没有人烟。一家人于阴历十一月下旬从热闹的杭州移居这荒凉的山野，宛如投身于极带中。

那里的风，差不多日日有的，呼呼作响，好像虎吼。屋宇虽系新建，构造却极粗率，风从门窗隙缝中来，分外尖削，把门缝窗隙厚厚地用纸糊了，椽缝中却仍有透入。风刮得厉害的时候，天未夜就把大门关上，全家吃毕夜饭即睡入被窝里，静听寒风的怒号，湖水的澎湃。靠山的小后轩，算是我的书斋，在全屋子中风最少的一间，我常把头上的罗宋帽拉得低低地，在洋灯下工作至夜深。松涛如吼，霜月当窗，饥鼠吱吱在积尘上奔窜。

我于这种时候深感到萧瑟的诗趣，常独自拨划着炉灰，不肯就睡，把自己拟诸山水画中的人物，作种种幽邈的遐想。

现在白马湖到处都是树木了，当时尚一株树木都未种。月亮与太阳都是整个儿的，从上山起直要照到下山为止。太阳好的时候，只要不刮风，那真和暖得不像冬天。一家人都坐在庭间曝日，甚至于吃午饭也在屋外，像夏天的晚饭一样。日光晒到哪里，就把椅凳移到哪里，忽然寒风来了，只好逃难似的各自带了椅凳逃入室中，急急把门关上。在平常的日子，风来大概在下午快要傍晚的时候，半夜即息。至于大风寒，那是整日夜狂吼，要二三日才止的。最严寒的几天，泥地看去惨白如水门汀，山色冻得发紫而黯，湖波泛深蓝色。

下雪原是我所不憎厌的，下雪的日子，室内分外明亮，晚上差不多不用燃灯。远山积雪足供半个月的观看，举头即可从窗中望见。可是究竟是南方，每冬下雪不过一二次。我在那里所日常领略的冬的情味，几乎都从风来。白马湖的所以多风，可以说有着地理上的原因。那里环湖都是山，而北首却有一个半里阔的空隙，好似故意张了袋口欢迎风来的样子。白马湖的山水和普通的风景地相差不远，唯有风却与别的地方不同。风的多和大，凡是到过那里的人都知道的。风在冬季的感觉中，自古占着重要的因素，而白马湖的风尤其特别。

现在，一家僦居上海多日了，偶然于夜深人静时听到风声，大家就要提起白马湖来，说"白马湖不知今夜又刮得怎样厉害哩！"

超山的梅花

郁达夫

超山，位于杭州的塘栖镇南。立春前后，超山满是梅花的馨香。登高而望，漫山遍野，一片雪海，不禁感慨，真是梅花落满了超山啊！

凡到杭州来游的人，因为交通的便利，和时间的经济的关系，总只在西湖一带，登山望水，漫游两三日，便买些土产，如竹篮纸伞之类，匆匆回去；以为雅兴已尽，尘土已经涤去，杭州的山水佳处，都曾享受过了。所以古往今来，一般人只知道三竺六桥，九溪十八涧，或西湖十景，苏小岳王；而离杭城三五十里稍东偏北的一带山水，现在简直是很少有人去玩，并且也不大有人提起的样子。

在古代可不同；至少至少，在清朝的乾嘉道光，去今百余年前，杭州人的好游的，总没有一个不留恋西溪，也没有一个不披蓑戴笠去看半山（即皋亭山）的桃花，超山的香雪的。原因是因为那时候杭州和外埠的交通，所取的路径都是水道；从嘉兴上海等处来往杭州，运河是必经之路。舟入塘栖，两岸就看得到山影；到这里，自杭州去他处的人，渐有离乡去国之感，自外埠到杭州来的人，方看得到山明水秀的一个外廓；因而塘栖镇，和超

153

山、独山等处，便成了一般旅游之人对杭州的记忆的中心。

超山是在塘栖镇南，旧日仁和县（现在并入杭县了）东北六十里的永和乡的，据说高有五十余丈，周二十里（咸淳《临安志》作三十七丈），因其山超然出于皋亭、黄鹤之外，故名。

从前去游超山，是要从湖墅或拱宸桥下船，向东向北向西向南，曲折回环，冲破菱荇水藻而去的；现在汽车路已经开通，自清泰门向东直驶，至乔司站落北更向西，抄过临平镇，由临平山西北，再驰十余里，就可以到了；"小红唱曲我吹箫"的船行雅处，现在虽则要被汽车的机器油破坏得丝缕无余，但坐船和坐汽车的时间的比例，却有五与一的大差。

汽车走过的临平镇，是以释道潜的一首"风蒲猎猎弄轻柔，欲立蜻蜓不自由，五月临平山下路，藕花无数满汀洲"的绝句出名；而超山北面的塘栖镇，又以南宋的隐士，明末清初的田园别墅出名；介与塘栖与超山之间的丁山湖，更以水光山色，鱼虾果木出名；也无怪乎从前的文人骚客，都要向杭州的东面跑，而超山皋亭山的名字每散见于诸名士的歌咏里了。

超山脚下，塘栖附近的居民，因为住近水乡，阡陌不广之故，所靠以谋生的完全是果木的栽培。自春历夏，以及秋冬，梅子、樱桃、枇杷、杏子、甘蔗之类的出产，一年总有百万元内外。所以超山一带的梅林，成千成万；由我们过路的外乡人看来，只以为是乡民趣味的高尚，个个都在学林和靖的终身不娶，殊不知实际上他们却是正在靠此而养活妻孥的哩？

超山的梅花，向来是开在立春前后的；梅干极粗极大，枝叉离披四散，五步一丛，十步一坂，每个梅林，总有千株内外，一株的花朵，又有万颗左右；故而开的时候，香气远传到十里之外的临平山麓，登高而远望下来，自然自成一个雪海；近年来虽说梅株减少了一点，但我想比到罗浮的仙境，总也只有过之，不会不及。

从杭州到超山去的汽车路上，过临平山后，两旁已经有一处一处的梅林在迎送了，而汇聚得最多，游人所必到的看梅胜地，大抵总在汽车站西南，超山东北麓，报慈寺大明堂（亦称大明寺）前头，梅花丛里有一个周梦坡筑的宋梅亭在那里的周围五六里地的一圈地方。

报慈寺里的大殿（大约就是大明堂了吧？）前几年被寺的仇人毁坏了，当时还烧死了一位当家和尚在殿东一块石碑之下。但殿后的一块刻有吴道子画的大士像的石碑，还好好地镶在壁里，丝毫也没有动。去年我去的时候，寺僧刚在募化重修大殿；殿外面的东头，并且已经盖好了三间厢房在作客室。后面高一段的三间后殿，火烧时也不曾烧去，和尚手指着立在殿后壁里的那一块石刻大士像碑说，"这都是这位大慈大悲救苦救难广大灵感观世音菩萨的福佑！"

在何春渚删成的《塘栖志略》里，说大明寺前有一口井，井水甘冽！旁树石碣，刻有"一人堂堂，二曜重光，泉深尺一，点去冰旁；二人相连，不欠一边，三梁四柱烈火然，添却双钩两日全"之碑铭，不识何意等语。但我去大明堂（寺）的时候，却既不见井，也不见碑；而这条碑铭，我从前是曾在一部笔记叫作《桂苑丛谈》的书里看到过一次的。这书记载着："令狐相公出镇淮海日，支使班蒙，与从事诸人，俱游大明寺之西廊，忽睹前壁，题有此铭，诸宾皆莫能辨，独班支使曰：'得非大明寺水，天下无比八字乎？'众皆恍然。"从此看来，《塘栖志略》里所说的大明寺井碑，应是抄来的文章，而编者所谓不识何意者，还是他在故弄玄虚。当然，寺在山麓，地又近水，寺前寺后，井是当然有一口的；井里的泉，也当然是清冽的；不过此碑此铭，却总有点儿可疑。

大明寺前的所谓宋梅，是一棵曲屈苍老，根脚边只剩了两条树皮围拱，中间空心，上面枝干四叉的梅树。因为怕有人折，树外面全部是用一铁丝网罩住的。树当然是一株老树，起码也要比我的年纪大一两倍，但究竟是不是宋梅，我却不敢断定。去年秋天，曾在天台山国清寺的伽蓝殿前，看见过一株所谓隋梅；前年冬天，也曾在临平山下安隐寺里看见过一枝所谓唐梅。但所谓隋，所谓唐，所谓宋等等，我想也不过"所谓"而已，究竟如何，还得去问问植物考古的专家才行。

出大明堂，从梅花林里穿过，西面从吴昌硕的坟旁一条石砌路上攀登上去，是上超山顶去的大路了。一路上有许多同梦也似的疏林，一株两株如被遗忘了似的红白梅花，不少的坟园，在招你上山，到了半山的竹林边的真武殿（俗称中圣殿）外，超山之所以为超，就有点感觉得到了；从这里向东西北的三面望去，是汪洋的湖水，曲折的河身，无数的果树，不断的低岗，还有塘的两面的点点的人家；这便算是塘栖一带的水乡全景的鸟瞰。

从中圣殿再沿石级上去，走过黑龙潭，更走二里，就可以到山顶，第一要使你骇一跳的，是没有到上圣殿之先的那一座天然石筑的天门。到了这里，你才晓得超山的奇特，才晓得志上所说的"山有石鱼石笋等，他石多异形，如人兽状。"诸记载的不虚。实实在在，超山的好处，是在山头一堆石，山下万梅花，至若东瞻大海，南眺钱江，田畴如井，河道如肠，桑麻遍地，云树连天等形容词，则凡在杭州东面的高处，如临平山黄鹤峰上都用得着的，并非是超山独一无二的绝景。

你若到了超山之后，则北去超山七里地外的塘栖镇上，不可不去一到。在那些河流里坐坐船，果树下跑跑路，趣味实在是好不过。两岸人家，中夹一水；走过丁山湖时，向西面看看独山，向东首看看马鞍龟背，想象想象南宋垂亡，福王在庄（至今其地还叫作福王庄）上所过的醉生梦死脂香粉腻的生涯，以及明清之际，诸大老的园亭别墅，台榭楼堂，或康熙乾隆等数度的临幸，包管你会起一种像读《芜城赋》似的感慨。

又说到了南宋，关于塘栖，还有好几宗故事，值得一提。第一，卓氏家乘《唐栖考》里说："唐栖者，唐隐士所栖也；隐士名珏，字玉潜，宋末会稽人。少孤，以明经教授乡里子弟而养其母，至元戊寅，浮图总统杨连真伽，利宋攒宫金玉，故为妖言惑主听，发掘之。珏怀愤，乃货家具，召诸恶少，收他骨易遗骸，瘗兰亭山后，而树冬青树识焉。珏后隐居唐栖，人义之，遂名其地为唐栖。"这镇名的来历说，原是人各不同的，但这也岂不是一件极有趣的故实么？还有塘栖西龙河圩，相传有宋宫人墓；昔有士子，秋夜凭栏对月，忽闻有环珮之声，不寐听之，歌一绝云："淡淡春山抹未浓，偶然还记旧行踪，自从一入朱门去，便隔人间几万重。"闻之酸鼻。这当然也是一篇绝哀艳的鬼国文章。

塘栖镇跨在一条水的两岸，水南属杭州，水北属德清；商市的繁盛，酒家的众多，虽说只是一个小小的镇集，但比起有些县城来，怕还要闹热几分。所以游过超山，不愿在山上吃冷豆腐黄米饭的人，尽可以上塘栖镇上去痛饮大嚼；从山脚下走回汽车路去坐汽车上塘栖，原也很便，但这一段路，总以走走路坐坐船更为合适。

1935 年 1 月 9 日

西溪的晴雨

郁达夫

原谅我们的自作主张，我想给你看，微雨蒙蒙里的西溪。浸透了的初秋，还未进入凛冽的氛围，万山还青绿，蓼花含浅红。可我们还一直在等芦花全白，月光铺满。这该是怎样的一种绝色啊！

西北风未起，蟹也不曾肥，我原晓得芦花总还没有白，前两星期，源宁来看了西湖，说他倒觉得有点失望，因为湖光山色，太整齐，太小巧，不够味儿，他开来的一张节目上，原有西溪的一项；恰巧第二天又下了微雨，秋原和我就主张微雨里下西溪，好叫源宁去尝一尝这西湖近旁的野趣。

天色是阴阴漠漠的一层，湿风吹来，有点儿冷，也有点儿香，香的是野草花的气息。车过方井旁边，自然又下车来，去看了一下那座天主圣教修士们的古墓。从墓门望进去，只是黑沉沉、冷冰冰的一个大洞，什么也看不见，鼻子里却闻吸到了一种霉灰的阴气。

把鼻子掀了两掀，耸了一耸肩膀，大家都说，可惜忘记带了电筒，但在下意识里，自然也有一种恐怖、不安和畏缩的心意，在那里作恶，直到了花坞的溪旁，走进窗明几净的静莲庵（？）堂去坐下，喝了两碗清茶，这一些鬼胎，方才洗涤了个空空脱脱。

游西溪，本来是以松木场下船，带了酒盒行厨，慢慢儿地向西摇去为正宗。像我们那么高坐了汽车，飞鸣而过古荡、东岳，一个钟头要走百来里路的旅客，终于是难度的俗物，但是俗物也有俗益，你若坐在汽车里，引颈而向西向北一望，直到湖州，只见一派空明，遥盖在淡绿成阴的斜平海上；这中间不见水，不见山，当然也不见人，只是渺渺茫茫，青青绿绿，远无岸，近亦无田园村落的一个大斜坡，过秦亭山后，一直到留下为止的那一条沿山大道上的景色，好处就在这里，尤其是当微雨朦胧，江南草长的春或秋的半中间。

从留下下船，回环曲折，一路向西向北，只在芦花浅水里打圈圈；圆桥茅舍，桑树蓼花，是本地的风光，还不足道；最古怪的，是剩在背后的一带湖上的青山，不知不觉，忽而又会得移上你的面前来，和你点一点头，又匆匆的别了。

摇船的少女，也总好算是西溪的一景；一个站在船尾把摇橹，一个坐在船头上使桨，身体一伸一俯，一往一来，和橹声的咿呀，水波的起落，凑合成一大又圆又曲的进行软调；游人到此，自然会想起瘦西湖边，竹西歌吹的闲情，而源宁昨天在漪园月下老人祠里求得的那枝灵签，仿佛是完全的应了，签诗的语文，是《鄘风桑中》章末后的三句，叫做"期我乎桑中，要我乎上宫，送我乎淇之上矣。"

此后便到了交芦庵，上了弹指楼，因为是在雨里，带水拖泥，终于也感不到什么的大趣，但这一天向晚回来，在湖滨酒楼上放谈之下，源宁却一本正经地说："今天的西溪，却比昨日的西湖，要好三倍。"

　　前天星期假日，日暖风和，并且在报上也曾看到了芦花怒放的消息，午后日斜，老龙夫妇，又来约去西溪，去的时候，太晚了一点，所以只在秋雪庵的弹指楼上，消磨了半日之半。一片斜阳，反照在芦花浅渚的高头，花也并未怒放，树叶也不曾凋落，原不见秋，更不见雪，只是一味的晴明浩荡，飘飘然，浑浑然，洞贯了我们的肠腑，老僧无相，烧了面，泡了茶，更送来了酒，末后还拿出了纸和墨，我们看看日影下的北高峰，看看庵旁边的芦花荡，就问无相，花要几时才能全白？老僧操着缓慢的楚国口音，微笑着说："总要到阴历十月的中间；若有月亮，更为出色。"说后，还提出了一个交换的条件，要我们到那时候，再去一玩，他当预备些精馔相待，聊当作润笔，可是今天的字，却非写不可，老龙写了"一剑横飞破六合，万家憔悴哭三吴"的十四个字，我也附和着抄了一副不知在哪里见过的联语："春梦有时来枕畔，夕阳依旧上帘钩。"

　　喝得酒醉醺醺，走下楼来，小河里起了晚烟，船中间满载了黑暗，龙妇又逸兴遄飞，不知上哪里去摸出了一枝洞箫来吹着。"其声呜呜然，如怨如慕，如泣如诉，余音袅袅，不绝如缕"，倒真有点像是七月既望，和东坡在赤壁的夜游。

1935 年 10 月 22 日

钓台的春昼

郁达夫

钓台、桐君山，位于杭州桐庐境内。郁达夫来此处，是要拜访一下严子陵的幽居的。一路山明水秀无限好，就是不知能否将流散迁徙的人那心中极力掩饰的苦闷也一并治愈了。

　　因为近在咫尺，以为什么时候要去就可以去，我们对于本乡本土的名区胜景，反而往往没有机会去玩，或不容易下一个决心去玩的。正唯其是如此，我对于富春江上的严陵，二十年来，心里虽每在记着，但脚却从没有向这一方面走过。一九三一，岁在辛未，暮春三月，春服未成……我接到了警告，就仓皇离去了寓居。先在江浙附近的穷乡里，游息了几天，偶尔看见了一家扫墓的行舟，乡愁一动，就定下了归计。绕了一个大弯，赶到故乡，却正好还在清明寒食的节前。和家人等去上了几处坟，与许久不曾见过面的亲戚朋友，来往热闹了几天，一种乡居的倦怠，忽而袭上心来了，于是乎我就决心上钓台去访一访严子陵的幽居。

　　钓台去桐庐县城二十余里，桐庐去富阳县治九十里不足，自富阳溯江而上，坐小火轮三小时可达桐庐，再上则须坐帆船了。

　　我去的那一天，记得是阴晴欲雨的养花天，并且系坐晚班轮去的，船

到桐庐，已经是灯火微明的黄昏时候了，不得已就只得在码头近边的一家
旅馆的高楼上借了一宵宿。

桐庐县城，大约有三里路长，三千多烟灶，一二万居民，地在富春江
西北岸，从前是皖浙交通的要道，现在杭江铁路一开，似乎没有一二十年
前的繁华热闹了。尤其要使旅客感到萧条的，却是桐君山脚下的那一队花
船的失去了踪影。说起桐君山，原是桐庐县的一个接近城市的灵山胜地，
山虽不高，但因有仙，自然是灵了。以形势来论，这桐君山，也的确是可
以产生出许多口音生硬、别具风韵的桐严嫂来的生龙活脉；地处在桐溪东
岸，正当桐溪和富春江合流之所，依依一水，西岸便瞰视着桐庐县市的人
家烟树。南面对江，便是十里长洲；唐诗人方干的故居，就在这十里桐洲
九里花的花田深处。向西越过桐庐县城，更遥遥对着一排高低不定的青峦，
这就是富春山的山子山孙了。东北面山下，是一片桑麻沃地，有一条长蛇
似的官道，隐而复现，出没盘曲在桃花杨柳洋槐榆树的中间；绕过一支小
岭，便是富阳县的境界，大约去程明道的墓地程坟，总也不过一二十里地
的间隔，我的去拜谒桐君，瞻仰道观，就在那一天到桐庐的晚上，是淡云
微月，正在作雨的时候。

鱼梁渡头，因为夜渡无人，渡船停在东岸的桐君山下。我从旅馆踱了
出来，先在离轮埠不远的渡口停立了几分钟，后来向一位来渡口洗夜饭米
的年轻少妇，弓身请问了一回，才得到了渡江的秘诀。她说："你只须高
喊两三声，船自会来的。"先谢了她教我的好意，然后以两手围成了播音
的喇叭，"喂，喂，船渡请摇过来！"地纵声一喊，果然在半江的黑影当中，

船身摇动了。渐摇渐近，五分钟后，我在渡口，却终于听出了咿呀柔橹的声音。时间似乎已经入了酉时的下刻，小市里的群动，这时候都已经静息；自从渡口的那位少妇，在微茫的夜色里，藏去了她那张白团团的面影之后，我独立在江边，不知不觉心里头却兀自感到了一种他乡日暮的悲哀。渡船到岸，船头上起了几声微微的水浪清音，又铜东的一响，我早已跳上了船，渡船也已经掉过头来了。坐在黑影沉沉的舱里，我起先只在静听着柔橹划水的声音，然后却在黑影里看出了一星船家在吸着的长烟管头上的烟火，最后因为沉默压迫不过，我只好开口说话了："船家！你这样的渡我过去，该给你几个船钱？"我问。"随你先生把几个就是。"船家说话冗慢幽长，似乎已经带着些睡意了，我就向袋里摸出了两角钱来。"这两角钱，就算是我的渡船钱，请你候我一会，上去烧一次夜香，我是依旧要渡过江来的。"船家的回答，只是嗯嗯、呜呜，幽幽同牛叫似的一种鼻音，然而从继这鼻音而起的两三声轻快的喀声听来，他却已经在感到满足了，因为我也知道，乡间的义渡，船钱最多也不过是两三枚铜子而已。

到了桐君山下，在山影和树影交掩着的崎岖道上，我上岸走不上几步，就被一块乱石拌倒，滑跌了一次。船家似乎也动了恻隐之心了，一句话也不发，跑将上来，他却突然交给了我一盒火柴。我于感谢了一番他的盛意之后，重整步武，再摸上山去，先是必须点一枝火柴走三五步路的，但到得半山，路既就了规律，而微云堆里的半规月色，也朦胧地现出一痕银线来了，所以手里还存着的半盒火柴，就被我藏入了袋里。路是从山的西北，盘曲而上；渐走渐高，半山一到，天也开朗了一点，桐庐县市上的灯光，也星星可数了。更纵目向江心望去，富春江两岸的船上和桐溪合流口停泊着的船尾船头，也看得出一点一点的火来。走过半山，桐君观里的晚祷钟鼓，似乎还没有息尽，耳朵里仿佛听见了几丝木鱼钲钹的残声。走上山顶，先在半途遇着了一道道观外围的女墙，这女墙的栅门，却已经掩上了。在栅门外徘徊了一刻，觉得已经到了此门而不进去，终于是不能满足我这一次暗夜冒险的好奇怪癖的。所以细想了几次，还是决心进去，非进去不可，轻轻用手往里面一推，栅门却呀的一声，早已退向了后方开开了，这门原来是虚掩在那里的。进了栅门，踏着为淡月所映照的石砌平路，向东向南的前走了五六十步，居然走到了道观的大门之外，这两扇朱红漆的大门，不消说是紧闭在那里的。到了此地，我却不想再破门进去了，因为这大门是朝南向着大江开的。门外头是一条一丈来宽的石砌步道，步道的一旁是道观的墙，一旁便是山坡，靠山坡的一面，并且还有一道二尺来高的石墙筑在那里，大约是代替栏杆，防人倾跌下山去的用意；石墙之上，铺的是二三尺宽的青石，在这似石栏又似石凳的墙上，尽可以坐卧游息，饱看桐江和对岸的风景，就是在这里坐它一晚，也很可以，我又何必去打开门来，惊起那些老道的恶梦呢？

空旷的天空里，流涨着的只是些灰白的云，云层缺处，原也看得出半角的天，和一点两点的星，但看起来最饶风趣的，却仍是欲藏还露，将见仍无的那半规月影。这时候江面上似乎起了风，云脚的迁移，更来得迅速了，而低头向江心一看，几多散乱着的船里的灯光，也忽明忽灭地变换了一变换位置。

这道观大门外的景色，真神奇极了。我当十几年前，在放浪的游程里，曾向瓜州京口一带，消磨过不少的时日；那时觉得果然名不虚传的，确是甘露寺外的江山，而现在到了桐庐，昏夜上这桐君山来一看，又觉得这江山的秀而且静，风景的整而不散，却非那天下第一江山的北固山所可与比拟的了。真也难怪得严子陵，难怪得戴徵士，倘使我若能在这样的地方结屋读书，以养天年，那还要什么的高官厚禄，还要什么的浮名虚誉哩？一个人在这桐君观前的石凳上，看看山，看看水，看看城中灯火和天上的星云，更做做浩无边际的无聊的幻梦，我竟忘记了时刻，忘记了自身，直等到隔江的击柝声传来，向西一看，忽而觉得城中的灯影微茫地减了，才跑也似地走下了山来，渡江奔回了客舍。

第二日侵晨，觉得昨天在桐君观前做过的残梦正还没有续完的时候，窗外面忽而传来了一阵吹角的声音。好梦虽被打破，但因这同吹箪篥似的商音哀咽，却很含着些荒凉的古意，并且晓风残月，杨柳岸边，也正好候船待发，上严陵去；所以心里纵怀着了些儿怨恨，但脸上却只现出了一痕微笑，起来梳洗更衣，叫茶房去雇船去。雇好了一只双桨的渔舟，买就了些酒菜鱼米，就在旅馆前面的码头上上了船。轻轻向江心摇出去的时候，东方的云幕中间，已现出了几丝红韵，有八点多钟了；舟师急得厉害，只在埋怨旅馆的茶房，为什么昨晚不预先告诉，好早一点出发。因为此去就是七里滩头，无风七里，有风七十里，上钓台去玩一趟回来，路程虽则有限，但这几日风雨无常，说不定要走夜路，才回来得了的。

过了桐庐，江心狭窄，浅滩果然多起来了。路上遇着的来往的行舟，数目也是很少，因为早晨吹的角，就是往建德去的快班船的信号，快班船一开，来往于两埠之间的船就不十分多了。两岸全是青青的山，中间是一条清浅的水，有时候过一个沙洲，洲上的桃花菜花，还有许多不晓得名字的白色的花，正在喧闹着春暮，吸引着蜂蝶。我在船头上一口一口的喝着严东关的药酒，指东话西地问着船家，这是什么山？那是什么港？惊叹了半天，称颂了半天，人也觉得倦了，不晓得什么时候，身子却走上了一家水边的酒楼，在和数年不见的几位已经做了党官的朋友高谈阔论。谈论之余，还背诵了一首两三年前曾在同一的情形之下做成的歪诗：

> 不是尊前爱惜身，佯狂难免假成真，
>
> 曾因酒醉鞭名马，生怕情多累美人。
>
> 劫数东南天作孽，鸡鸣风雨海扬尘，
>
> 悲歌痛哭终何补，义士纷纷说帝秦。

直到盛筵将散，我酒也不想再喝了，和几位朋友闹得心里各自难堪，连对旁边坐着的两位陪酒的名花都不愿意开口。正在这上下不得的苦闷关头，船家却大声的叫了起来说：

"先生，罗芷过了，钓台就在前面，你醒醒吧，好上山去烧饭吃去。"

擦擦眼睛，整了一整衣服，抬起头来一看，四面的水光山色又忽而变了样子了。清清的一条浅水，比前又窄了几分，四围的山包得格外的紧了，仿佛是前无去路的样子。并且山容峻削，看去觉得格外的瘦格外的高。向天上地下四围看看，只寂寂的看不见一个人类。双桨的摇响，到此似乎也不敢放肆了，钩的一声过后，要好半天才来一个幽幽的回响，静，静，静，身边水上，山下岩头，只沉浸着太古的静，死灭的静，山峡里连飞鸟的影子也看不见半只。前面的所谓钓台山上，只看得见两个大石垒，一间歪斜的亭子，许多纵横芜杂的草木。山腰里的那座祠堂，也只露着些废垣残瓦，屋上面连炊烟都没有一丝半缕，像是好久好久没人住了的样子。并且天气又来得阴森，早晨曾经露一露脸过的太阳，这时候早已深藏在云堆里了，余下来的只是时有时无从侧面吹来的阴飕飕的半箭儿山风。船靠了山脚，跟着前面背着酒菜鱼米的船夫，走上严先生祠堂去的时候，我心里真有点害怕，怕在这荒山里要遇见一个干枯苍老得同丝瓜筋似的严先生的鬼魂。

在祠堂西院的客厅里坐定，和严先生的不知第几代的裔孙谈了几句关于年岁水旱的话后，我的心跳，也渐渐儿的镇静下去了，嘱托了他以煮饭烧菜的杂务，我和船家就从断碑乱石中间爬上了钓台。

东西两石垒，高各有二三百尺，离江面约两里来远，东西台相去，只有一二百步，但其间却夹着一条深谷，立在东台，可以看得出罗芷的人家，回头展望来路，风景似乎散漫一点，而一上谢氏的西台，向西望去，则幽谷里的清景，却绝对的不像是在人间了。我虽则没有到过瑞士，但到了西台，朝西一看，立时就想起了曾在照片上看见过的威廉退儿的祠堂。这四山的幽静，这江水的青蓝，简直同在画片上的珂罗版色彩，一色也没有两样；所不同的，就是在这儿的变化更多一点，周围的环境更芜杂不整齐一点而已，但这却是好处，这正是足以代表东方民族性的颓废荒凉的美。

从钓台下来，回到严先生的祠堂——记得这是洪杨以后严州知府戴槃重建的祠堂——西院里饱啖了一顿酒肉，我觉得有点酩酊微醉了。手拿着以火柴柄制成的牙签，走到东面供着严先生神像的龛前，向四面的破壁上一看，翠墨淋漓，题在那里的，竟多是些俗而不雅的过路高官的手笔。最后到了南面的一块白墙头上，在离屋檐不远的一角高处，却看到了我们的一位新近去世的同乡夏灵峰先生的四句似邵尧夫而又略带感慨的诗句。夏灵峰先生虽则只知崇古，不善处今，但是五十年来，像他那样的顽固自尊的亡清遗老，也的确是没有第二个人。比较起现在的那些官迷财迷的南满尚书和东洋宦婢来，他的经术言行，姑且不必去论它，就是以骨头来称称，我想也要比什么罗三郎郑太郎辈，重到好几百倍。慕贤的心一动，醺人的臭技自然是难熬了，堆起了几张桌椅，借得了一枝破笔……就是在船舱的梦里，也曾微吟过的那一首歪诗。

从墙头上跳将下来，又向龛前天井去走了一圈，觉得酒后的喉咙，有点渴痒了，所以就又走回到了西院，静坐着喝了两碗清茶。在这四大无声，只听见我自己的啾啾喝水的舌音冲击到那座破院的败壁上去的寂静中间，同惊雷似地一响，院后的竹园里却忽而飞出了一声闲长而又有节奏似的鸡啼的声来。同时在门外面歇着的船家，也走进了院门，高声的对我说：

"先生，我们回去吧，已经是吃点心的时候了，你不听见那只公鸡在后山啼么？我们回去吧！"

1932 年 8 月在上海写

杭州的八月

郁达夫

杭州的八月，与别处一样，桂花开了。成片成片的香，让人们忍不住收拾了些，装入那栗子中。杭州的八月，与别处也不一样，钱塘江的潮汐来了。一浪接一浪地翻涌，这是此地独有的壮阔。

　　杭州的废历八月，也是一个极热闹的月份。自七月半起，就有桂花栗子上市了，一入八月，栗子更多，而满觉陇南高峰翁家山一带的桂花，更开得来香气醉人。八月之名桂月，要身入到满觉陇去过一次后，才领会得到这名字的相称。

　　除了这八月里的桂花，和中国一般的八月半的中秋佳节之外，在杭州还有一个八月十八的钱塘江的潮汐。

　　钱塘的秋潮，老早就有名了，传说就以为是吴王夫差杀伍子胥沉之于江，子胥不平，鬼在作怪之故。《论衡》里有一段文章，驳斥这事，说得很有理由："儒书言，'吴王夫差杀伍子胥，煮之于镬，盛于囊，投之于江，子胥恚恨，临水为涛，溺杀人。'夫言吴王杀伍子胥，投之于江，实也，言其恨恚，临水为涛者，虚也。且卫菹子路，而汉烹彭越，子胥勇猛，不过子路彭越，然二子不能发怒于鼎镬之中，子胥亦然，自先入鼎镬，后乃入江，在镀之时其神岂怯而勇于江水哉？何其怒气前后不相副也？"可是《论衡》的理由虽则充足，但传说的力量，究竟十分伟大，至今不但是钱塘江头，就是庐州城内泚河岸边，以及江苏福建等滨海傍湖之处，仍旧还看得见塑着白马素车的伍大夫庙。

钱塘江的潮，在古代一定比现时还要来得大。这从高僧传唐灵隐寺释宝达，诵咒咒之，江潮方不至激射湖上诸山的一点，以及南宋高宗看潮，只在江干候潮门外搭高台的一点看来，就可以明白。现在则非要东去海宁，或五堡八堡，才看得见银海潮头一线来了。这事情从阮元的《擎经室集·浙江图考》里，也可以看得到一些理由，而江身沙涨，总之是潮不远上的一个最大原因。

还有梁开平四年，钱武肃王为筑捍海塘，而命强弩数百射涛头，也只在候潮通江门外。至今海宁江边一带的铁牛镇铸，显然是师武肃王的遗意，后人造作的东西。（我记得铁牛铸成的年分，是在清顺治年间，牛身上印在那里的文字，还隐约辨得出来。）

沧桑的变革，实在厉害得很，可是杭州的住民，直到现在，在靠这一次秋潮而发点小财，做些买卖的，为数却还不少哩！

（四）

杭州风味・还是平时旧滋味

在这个地方，人们总是因循自然，按时进行。按时食用四季的美食，按时观赏四季的游戏，按时听琴、说书、玩画……生活也因这，有了点不同的乐趣。

虎跑泉试新茶

西湖之泉，以虎跑为最。两山之茶，以龙井为佳。谷雨前采茶旋焙，时激虎跑泉烹享，香清味冽，凉沁诗脾。每春当高卧山中，沉酣新茗一月。

西溪楼啖煨笋

西溪竹林最多，笋产极盛。但笋味之美，少得其真。每于春中，笋抽正肥，就彼竹下，埽叶煨笋，至熟，刀截剥食，竹林清味，鲜美莫比，人世俗肠，岂容知此真味？

东郊玩蚕山

初成蚕箔，白茧团团。玉砌银铺，高下丛簇。丝联蓓蕾，俨对雪峤。生寒冰山，耀日时见。田翁称庆，邻妇相邀。村村挝鼓赛神，缫车煮茧。仓庚促织，柳外鸣梭；布谷催耕，桑间唤雨。清和风日，春服初成，歌咏郊游，一饱菜羹麦饭。因思王建诗云"已闻邻里催织作，去与谁人身上著"之句。罗绮遍身，可不念此辛苦？

湖心亭采莼

旧闻莼生越之湘湖，初夏思莼，每每往彼采食。今西湖三塔基傍，莼生既多且美。菱之小者，俗谓野菱，亦生基畔，夏日剖食，鲜甘异常，人少知其味者。余每采莼剥菱，作野人芹荐，此诚金波玉液、青精碧荻之味，岂与世之羔烹兔炙较椒馨哉！供以水薪，啜以松醪，咏思莼之诗，歌采菱之曲，更得呜呜牧笛数声，渔舟欸乃相答，使我狂态陡作，两腋风生。若彼饱膏腴者，应笑我辈寒淡。

乘露剖莲雪藕

莲实之味，美在清晨，水气夜浮，斯时正足，若日出露晞，鲜美已去过半。当夜宿岳王祠侧，湖莲最多。晓剖百房、饱啖足味。藕以出水为佳，色绿为美。旋抱西子一弯，起我中山久渴，快赏旨哉。口之于味何甘哉？况莲德中通外直，藕洁秽不可污，此正幽人素心，能不日茹佳味？

空亭坐月鸣琴

夏日山亭对月，暑气西沉，南薰习习生凉。极目遥山，盘郁冰镜。两湖隐约，何来钟磬？抱琴弹月，响遏流云。高旷抚秋鸿出塞，清幽鼓石上流泉。风雷引，可避炎蒸；广寒游，偏宜清冷。乐矣山居之吟，悲哉楚些之曲。泠然指上梅花，寒彻人间烦愤矣。噫！何能即元亮无弦之声，得尘世钟期之听哉！宜正音为之绝响。

胜果寺月岩望月

胜果寺左，山有石壁削立，中穿一窦，圆若镜然。中秋月满，与隙相射，自窦中望之，光如合璧。秋时当与诗朋酒友，赓和清赏，更听万壑江声，满空海色，自得一种世外玩月意味。左为故宋御教场亲军护卫之所，大内要地，今作荒凉僻境矣。何如镜隙，阴晴常满，万古不亏，区区兴废，尽入此石目中。人世搬弄，窃为冷眼偷笑。

水乐洞雨后听泉

洞在烟霞岭下。岩石虚豁，谽谺邃窈，山泉别流，从洞隙滴滴，声韵金石；且泉味清甘，更得雨后泉多，音之清冷，真胜乐奏矣。每到，以泉沁吾脾，石嗽吾齿，因思苏长公云："但向空山石壁下，受此有声无用之清流。"又云："不须写入薰风弦，纵有此声无此耳。"我辈岂无耳哉！更当不以耳听以心听。

策杖林园访鞠

鞠为花之隐者，惟隐君子山人家能蓺之，故不多见，见亦难于丰美。秋来扶杖，遍访城市林园，山村篱落，更挈茗奴从事，投谒花主，相与对花谈胜。或评花品，或较栽培，或赋诗相酬，介酒相劝，擎杯坐月，烧灯醉花，宾主称欢，不忍遽别花去，朝来不厌频过。此兴何乐？时乎东篱之下，鞠可采也。千古南山，悠然见之，何高风隐德，举世不见元亮？

宝石山下看塔灯

保叔为省中最高塔，七级燃灯，周遭百盏，星丸错落，辉煌烛天。极目高空，恍自九霄。中下灯影，澄湖水面，又作一种色相。霞须淲荡，摇曳长虹，夜静水寒，焰射蛟窟。更喜风清湖白，光彩俨驾鹊桥，得生羽翰，便想飞步绳河彼岸。忽闻钟磬半空，梵音声出天上，使我欲念色尘一时幻破，清净无碍。

六和塔夜玩风潮

浙江潮汛，人多从八月昼观，鲜有知夜观者。余昔焚修寺中，燃点塔灯，夜午，月色横空，江波静寂，悠悠逝水，吞吐蟾光，自是一段奇景。顷焉，风色陡寒，海门潮起，月影银涛，光摇喷雪。云移玉岸，浪卷轰雷，白练风扬，奔飞曲折，势若山岳声腾，使人毛骨欲竖。古云"十万军声半夜潮"，信哉！过眼惊心，因忆当年浪游，身共水天飘泊，随潮逐浪，不知几作泛泛中人。此际沉吟，始觉利名误我不浅。遥见浪中数点浮沤，是皆南北去来舟楫。悲夫！二字搬弄人间千古，曾无英雄打破，尽为名利之梦，沉酣风波，自不容人唤醒。

山居听人说书

老人畏寒，不涉世故，时向山居，曝背茅檐，看梅初放。邻友善谈，炙糍共食，令说宋江最妙回数，欢然抚掌，不觉日暮。吾观道左丰碑，人间铭颂，是亦《水浒传》耳。岂果真实不虚故说，更惜未必得同此传世传人口。

埽雪烹茶玩画

茶以雪烹，味更清冽，所为半天河水是也。不受尘垢，幽人啜此，足以破寒。时乎南窗日暖，喜无鬋发恼人，静展古人画轴，如风雪归人、江天雪棹、溪山雪竹、关山雪运等图，即假对真，以观古人模拟笔趣。要知实景画图，俱属造化机局。即我把图，是人玩景，对景观我，谓非我在景中。千古尘缘，孰为真假，当就图画中了悟。

雪夜煨芋谈禅

雪夜偶宿禅林，从僧拥炉旋摘山芋，煨剥入口，味较市中美甚，欣然一饱。因问僧曰："有为是禅，无为是禅，有非所有，无非所无，是禅乎？"僧曰："子手执芋是禅，更从何问？"余曰："何芋是禅？"僧曰："芋在子手，有耶无耶？谓有何有，谓无何无，有无相灭，是为真空。非空非非空，空无所空。是名曰禅。执空认禅，又著实相，终不悟禅。此非精进力到得慧根，缘未能顿觉。子曷观芋乎？芋不得火，口不可食。火功不到，此芋犹生。须火到芋熟，方可就齿舌消灭，是从有处归无。芋非火熟，子能生嚼芋乎？芋相终在不灭。手芋嚼尽，谓无非无，无从有来。谓有非有，有从无灭。子手执芋，今着何处？"余时稽首慈尊，禅从言下唤醒。

西湖香市

[明] 张岱

西湖香市，乃一种民俗文化活动。于花朝始，于端午终。唐宋时期，昭庆寺、灵隐寺等就有因信徒敬香拜佛而兴起的"香会"。久而久之，香客与商人云集，流传至今，便成了"香市"。

西湖香市，起于花朝，尽于端午。山东进香普陀者日至，嘉湖进香天竺者日至，至则与湖之人市焉，故曰香市。

然进香之人市于三天竺，市于岳王坟，市于湖心亭，市于陆宣公祠，无不市，而独凑集于昭庆寺。昭庆寺两廊故无日不市者，三代八朝之古董，蛮夷闽貊之珍异，皆集焉。至香市，则殿中边甬道上下、池左右、山门内外，有屋则摊，无屋则厂，厂外又棚，棚外又摊，节节寸寸。凡胭脂簪珥、牙尺剪刀，以至经典木鱼、孩儿嬉具之类，无不集。

此时春暖，桃柳明媚，鼓吹清和，岸无留船，寓无留客，肆无留酿。袁石公所谓"山色如娥，花光如颊，温风如酒，波纹如绫"，已画出西湖三月。而此以香客杂来，光景又别：士女闲都，不胜其村妆野妇之乔画；芳兰芡泽，不胜其合香芫荽之薰蒸；丝竹管弦，不胜其摇鼓欤笙之聒帐；鼎彝光怪，不胜其泥人竹马之行情；宋元名画，不胜其湖景佛图之纸贵。

如逃如逐，如奔如追，撩扑不开，牵挽不住。数百十万男男女女、老老少少，日簇拥于寺之前后左右者，凡四阅月方罢。恐大江以东，断无此二地矣。

崇祯庚辰三月，昭庆寺火。是岁及辛巳、壬午洊饥，民强半饿死。壬午虏鲠山东，香客断绝，无有至者，市遂废。辛巳夏，余在西湖，但见城中饿殍异出，扛挽相属。时杭州刘太守梦谦，汴梁人，乡里抽丰者多寓西湖，日以民词馈送。有轻薄子改古诗诮之曰："山不青山楼不楼，西湖歌舞一时休。暖风吹得死人臭，还把杭州送汴州。"可作西湖实录。

一个追忆

夏丏尊

故事的缘起是，钱塘江江心出现了一条长长的土埂。后来，潮起掀浪，吞噬了土埂，还好人们化险为夷。此后江心再也无法停泊，船只得驶向下一个渡口。

这是四五年前的事。

钱塘江心忽然长起了一条长长的土埂，有三四里路阔，把江面划分为二。杭州与西兴之间，往来的人要摆两次渡，先渡到土埂，更走三四里路，或坐三四里路的黄包车，到土埂尽头，再上渡船到彼岸去。这情形继续了大半年，据说是百年来从未有过的奇观。

不会忘记：那是废历九月十八的一天，我从白马湖到上海来，因为杭州方面有点事情，就不走宁波，打杭州转。在曹娥到西兴的长途中，有许多人谈起钱塘江中的土埂，什么"世界两样了，西湖搬进了城里，钱塘江有了两条了"咧，"据说长毛以前，江里也起过块，不过没有这样长久，怪不得现在世界又不太平"咧。我已有许久不渡钱塘江了，只是有趣味地听着。

到西兴江边已下午四时光景，果然望见江心有土埂突出在那里，还有许多行人和黄包车在跑动。下渡船后，忽然记得今天是九月十八，依照从前八月十八看潮的经验，下午四五时之间是有潮的。"如果不凑巧，在土埝上行走着的当儿碰见潮来，将怎样呢？"不觉暗自担心起来。旅客之中也有几个人提起潮的，大家相约："看情形再说，如果潮要来了，就不上土埝，停在渡船里，待潮过了再走。"

渡船到土埝时，几十个黄包车夫来兜生意，说"潮快来了，快坐车子去！"大部分的旅客都跳上了岸，方才相约慢走的几位也一个个地管自乘车去了。渡船中除我以外，只剩了二三个人。四五部黄包车向我们总攻击，他们打着萧山话，有的说"拉到渡船头尚来得及"，有的说"这几天即使有潮也是小小的。我们日日在这里，难道不晓得？"我和留着的几位结果也都身不由主地上了黄包车。

坐在黄包车上担心着遇见潮，恨不得快到前方的渡头。哪里知道拉到一半路程的时候，前方的渡船已把跳板抽起要开行了。江心的设渡是临时的，只有渡船没有趸船。前方已没有船可乘，四边有人喊"潮要到了！"没有坐人的黄包车都在远远地向浅滩逃奔，土埝上只剩了我们三四部有人的车子，结果只有向后转，回到方才来的原渡船去。幸而那只渡船载着从杭州到西兴去的旅客，还未开行。

四周寂无人声，隆隆的潮声已听到了。车夫一面飞奔，一面喊"救命！"我们也喊"救命！""放下跳板来！"

逃上跳板的时候，潮头已望得见。船上的旅客们把跳板再放下一块，拼得阔阔地，协力将黄包车也拉了上来。潮头就到船下了，潮意外地大，船一高一低地颠簸得很凶，可是我在这瞬间却忘了波涛的险恶，深深地感到生命的欢喜和人间的同情。

潮过以后，船开到西兴去。我们这几个人好像学校落第生似地再从西兴重新渡到杭州。天已快晚，隐约中望得见隔江的灯火。潮水把土埂涨没，钱塘江已化零为整，船可直驶杭州渡头，不必再在江心坐黄包车了。船行到江心土埂的时候，我们患难之交中有一位走到船头，把篙子插到水里去看有多少深，谁知一篙子还不到底。

"险啊！如果浸在潮里，我们现在不知怎样了！"他放好篙子说，把舌头伸出得长长地。

"想不得了，还是不去想他好。"一个患难之交说。

我觉得他们的话都有道理。

杭州

于郁达夫而言，有太多的理由，杭州是最后一定会回来的地方。久而久之，每每有朋自远方来时，杭州也成了绕不开的话题。以至于后来，很少有人比郁达夫了解得更多。

杭州的出名，一大半是为了西湖。而人工的建设，都会的形成，初则是由于唐末五代，武肃王钱镠（西历十世纪初期）的割据东南，——"隋朝特创立此郡城，仅三十六里九十步；后武肃钱王，发民丁与十三寨军卒，增筑罗城，周围七十里许。……"（吴自牧《梦粱录》卷七）——再则是由于南宋建炎三年（一一二九），高宗的临安驻跸，奠定国都。至若唐白乐天与宋苏东坡的筑堤导水，原也有功于杭郡人民，可是仅仅一位醉酒吟诗携妓的郡守的力量，无论如何，也是不能和帝王匹敌的。

据说，杭州的杭字，是因"禹末年，巡会稽至此，舍航登陆，乃名杭，始见于文字。"（柴虎臣著《杭州沿革大事考》）因之，我们可以猜想，禹以前，杭州总还是一个泽国。而这一个四千余年前的泽国，后来为越为吴，也为吴越的战场，为东汉的浙江，为三国吴的富春，为晋的吴郡，为隋唐的杭州，两为偏安国都，迭为省治，现在并且成了东南五省交通的孔道，歌舞喧天，别庄满地，简直又要恢复南宋当时的首都旧观了。

我的来住杭州，本不是想上西湖来寻梦，更不是想弯强弩来射潮；不过妻杭人也，雅擅杭音，父祖富春产也，歌哭于斯，叶落归根，人穷返里，故乡鱼米较廉，借债亦易，——今年可不敢说，——屋租尤其便宜，铩羽归来，正好在此地偷安苟活，坐以待亡。搬来住后，岁月匆匆，一眨眼间，也已经住了一年有半了。朋友中间晓得我的杭州住址者，于春秋佳日，旅游西湖之余，往往肯命高轩来枉顾。我也因独处穷乡，孤寂得可怜，我朋自远方来，自然喜欢和他们谈谈旧事，说说杭州。这么一来，不几何时，大家似乎已经把我看成了杭州的管钥，山水的东家；《中学生》杂志编者的特地写信来要我写点关于杭州的文章，大约原因总也在于此。

关于杭州一般的兴废沿革，有《浙江通志》《杭州府志》《仁钱县志》诸大部的书在；关于杭州的掌故，湖山的史迹等等，也早有了光绪年间钱塘丁申、丁丙两氏编刻的《武林掌故丛编》《西湖集览》，与新旧《西湖志》《湖山便览》以及诸大书局大文豪的西湖游记或西湖游览指南诸书，可作参考；所以在这里，对这些，我不想再来饶舌，以虚费纸面和读者的光阴。第一，我觉得还值得一写，而对于读者，或者也不至于全然没趣的，是杭州人的性格；所以，我打算先从"杭州人"讲起。

第一个杭州人，究竟是哪里来的？这杭州人种的起源问题，怕同先有鸡蛋呢还是先有鸡一样，就是叫达尔文从阴司里复活转来，也很不容易解决。好在这些并非是我们的主题，故而假定当杭州这一块陆土出水不久，就有些野蛮的，好渔猎的人来住了，这些蛮人，我们就姑且当他们是杭州人的祖宗。吴越国人，一向是好战、坚忍、刻苦、猜忌，而富于巧智的。自从用了美人计，征服了姑苏以来，兵事上虽则占了胜利，但民俗上却吃了大亏……其后经楚威王、秦始皇、汉高帝等的挞伐，杭州人就永远处入了被征服者的地位……三国纷纷，孙家父子崛起，国号曰吴，杭州人总算又吐了一口气，这一口气，隐忍过隋唐两世，至钱武肃王而吐尽；不久南宋迁都，固有的杭州人的骨里，混入了汴京都的人士的文弱血球，于是现在的杭州人的性格，就此决定了。

....

其次是该讲杭州的风俗了。岁时习俗，显露在外表的年中行事，大致是与江南各省相通的；不过在杭州像婚丧喜庆等事，更加要铺张一点而已。关于这一方面，同治年间有一位钱塘的范月桥氏，曾做过一册《杭俗遗风》，写得比较详细，不过现在的杭州风俗，细看起来，还是同南宋吴自牧在《梦粱录》里所说的差仿不多，因为杭州人根本还是由那个时候传下来，在那个时候改组过的人。都会文化的影响，实在真大不过。

一年四季，杭州人所忙的，除了生死两件大事之外，差不多全是为了空的仪式；就是婚丧生死，一大半也重在仪式。丧事人家可以出钱去雇人来哭。喜事人家也有专门说好话的人雇在那里借讨采头。祭天地，祀祖宗，拜鬼神等等，无非是为了一个架子；甚至于四时的游逛，都列在仪式之内，到了时候，若不去一定的地方走一遭，仿佛是犯了什么大罪，生怕被人家看不起似的。所以明朝的高濂，做了一部《四时幽赏录》，把杭州人在四季中所应做的闲事，详细列叙了出来。现在我只教把这四时幽赏的简目，略抄一下，大家就可以晓得吴自牧所说的"临安风俗，四时奢侈，赏观殆无虚日"的话的不错了。

一、春时幽赏：孤山月下看梅花，八卦田看菜花，虎跑泉试新茶，西溪楼啖煨笋，保俶塔看晓山，苏堤看桃花，等等。

二、夏时幽赏：苏堤看新绿，三生石谈月，飞来洞避暑，湖心亭采莼，等等。

三、秋时幽赏：满家巷赏桂花，胜果寺望月，水乐洞雨后听泉，六和塔夜玩风潮，等等。

四、冬时幽赏：三茅山顶望江天雪霁，西溪道中玩雪，雪后镇海楼观晚炊，除夕登吴山看松盆，等等。

将杭州人的坏处，约略在上面说了之后，我却终觉不得不对杭州的山水，再来一两句简单的批评。西湖的山水，若当盆景来看，好处也未始没有，就是在它的比盆景稍大一点的地方。若要在西湖近处看山的话，那你非要上留下向西向南再走二三十里路不行。从余杭的小和山走到了午潮山顶，你向四面一看，就有点可以看出浙西山脉的大势来了。天晴的时候，西北你能够看得见天目，南面脚下的横流一线，东下海门，就是钱塘江的出口，龛赭二山，小得来像天文镜里的游星。若嫌时间太费，脚力不继的话，那至少你也该坐车下江干，过范村，上五云山头去看看隔岸的越山，与钱塘江上游的不断的峰峦。况且五云山足，西下是云栖，竹木清幽；地方实在还可以。从五云山向北若沿郎当岭而下天竺，在岭脊你就可以看到西岭下梅家坞的别有天地，与东岭下西湖全面的镜样的湖光。

　　若要再近一点，来玩西湖，我觉得南山终胜于北山，凤凰山胜果寺的荒凉远大，比起灵隐、葛岭来，终觉回味要浓厚一点。

　　还有北面秦亭山法华山下的西溪一带呢，如花坞秋雪庵，茭芦庵等处，散疏雅逸之致，原是有的，可是不懂得南画，不懂得王维、韦应物的诗意的人，即使去看了，也是毫无所得的。

　　离西湖十余里，在拱宸桥的东首，地当杭州的东北，也有一簇山脉汇聚在那里。俗称"半山"的皋亭山，不过因近城市而最出名，讲到景致，则断不及稍东的黄鹤峰，与偏北的超山。况且超山下的居民，以植果木为业，旧历二月初，正月底边的大明堂外（吴昌硕的坟旁）的梅花，真是一个奇观，俗称"香雪海"的这个名字，觉得一点儿也不错。

　　此外还有关于杭州的饮食起居的话，我不是做西湖旅行指南的人，在此地只好不说了。

1934 年 3 月

移家琐记

郁达夫

移家杭州的第一天，郁达夫就失眠了。于是，一点点小事在此刻都有了回溯联想的机会。时间变得缓慢，夜来的雨变得绵长，脑子里却是既混乱，又清醒。

一

流水不腐，这是中国人的俗话，Stagnat Pond，这是外国人形容固定的颓毁状态的一个名词。在一处羁住久了，精神上习惯上，自然会生出许多霉烂的斑点来。更何妨洋场米贵，狭巷人多，以我这一个穷汉，夹杂在三百六十万上海市民的中间，非但汽车，洋房，跳舞，美酒等文明的洪福享受不到，就连吸一口新鲜空气，也得走十几里路。移家的心愿，早就有了；这一回却因朋友之介，偶尔在杭城东隅租着了一所适当的闲房，筹谋计算，也张罗拢了二三百块洋钱，于是这很不容易成就的戈戈私愿，竟也猫猫虎虎地实现了。小人无大志，蜗角亦乾坤，触蛮鼎定，先让我来谢天谢地。

搬来的那一天，是春雨霏微的星期二的早上，为计时日的正确，只好把一段日记抄在下面：

　　一九三三年四月廿五（阴历四月初一），星期二。晨五点起床，窗外下着蒙蒙的时雨，料理行装等件，赶赴北站，衣帽尽湿。携女人儿子及一仆妇登车，在不断的雨丝中，向西进发。野景正妍，除白桃花，菜花，棋盘花外，田野里只一片嫩绿，浅淡尚带鹅黄。此番因自上海移居杭州，故行李较多，视孟东野稍为富有，沿途上落，被无产同胞的搬运夫，敲刮去了不少。午后一点到杭州城站，雨势正盛，在车上蒸干之衣帽，又淋淋湿矣。

　　新居在浙江图书馆侧面的一堆土山旁边，虽只东倒西斜的三间旧屋，但比起上海的一楼一底的弄堂洋房来，究竟宽敞得多了，所以一到寓居，就开始做室内装饰的工作。沙发是没有的，镜屏是没有的，红木器具，壁画纱灯，一概没有。几张板桌，一架旧书，在上海时，塞来塞去，只觉得没地方塞的这些破铜烂铁，一到了杭州，向三间连通的矮厅上一摆，看起来竟空空洞洞，像煞是沧海中间的几颗粟米了。最后装上壁去的，却是上海八云装饰设计公司送我的一块石膏圆面。塑制者是江山徐葆蓝氏，面上刻出的是《圣经》里马利马格大伦的故事。看来看去，在我这间黝暗矮阔的大厅陈设之中，觉得有一点生气的，就只是这一块同深山白雪似的小小的石膏。

二

　　向晚雨歇，电灯来了。灯光灰暗不明，问先搬来此地住的王母以"何不用个亮一点的灯球？"方才知道朝市而今虽不是秦，但杭州一隅，也决不是世外的桃源，这样要捐，那样要税，居民的负担，简直比世界哪一国的首都，都加重了；即以电灯一项来说，每一个字，在最近也无法地加上了好几成的特捐。"烽火满天殍满地，儒生何处可逃秦？"这是几年前做过的叠秦韵的两句山歌，我听了这些话后，嘴上虽则不念出来，但心里却也私私地转想了好几次。腹诽若要加刑，则我这一篇琐记，又是自己招认的供状了，罪过罪过。

三更人静，门外的巷里，忽传来了些笃笃笃的敲小竹梆的哀音。问是什么？说是卖馄饨圆子的小贩营生。往年这些担头很少，现在冷街僻巷，都有人来卖到天明了，百业的凋敝，城市的萧条，这总也是民不聊生的一点点的实证吧？

新居落寞，第一晚睡在床上，翻来覆去总睡不着觉。夜半挑灯，就只好拿出一本新出版的《两地书》来细读。有一位批评家说，作者的私记，我们没有阅读的义务。当时我对这话，倒也佩服得五体投地，所以书店来要我出书简集的时候，我就坚决地谢绝了，并且还想将一本为无钱过活之故而拿去出卖的日记都教他们毁版，以为这些东西，是只好于死后，让他人来替我印行的；但这次将鲁迅先生和密斯许的书简集来一读，则非但对那位批评家的信念完全失掉，并且还在这一部两人的私记里，看出了许多许多平时不容易看到的社会黑暗面来。至如鲁迅先生的诙谐愤俗的气概，许女士的诚实庄严的风度，还是在长书短简里自然流露的余音，由我们熟悉他们的人看来，当然更是味中有味，言外有情，可以不必提起，我想就是绝对不认识他们的人，读了这书，至少也可以得到几多的教训。私记私记，义务云乎哉？

从夜半读到天明，将这《两地书》读完之后，神经觉得愈兴奋了，六点敲过，就率性走到楼下去洗了一洗手脸，换了一身衣服，踏出大门，打算去把这杭城东隅的侵晨朝景，看它一个明白。

三

夜来的雨，是完全止住了，可是外貌像马加弹姆式的沙石马路上，还满涨着淤泥，天上也还浮罩着一层明灰的云幕。路上行人稀少，老远老远，只看得见一部慢慢在向前拖走的人力车的后形。从狭巷里转出东街，两旁的店家，也只开了一半，连挑了菜担在沿街赶早市的农民，都像是没有灌气的橡皮玩具。四周一看，萧条复萧条，衰落又衰落，中国的农村，果然是破产了，但没有实业生产机关，没有和平保障的像杭州一样的小都市，又何尝不在破产的威胁下战栗着待毙呢？中国目下的情形，大抵总是农村及小都市的有产者，集中到大都会去。在大都会的帝国主义保护之下变成殖民地的新资本家，或变成军阀官僚的附属品的少数者，总算是找着了出路。他们的货财，会愈积而愈多，同时为他们所牺牲的同胞，当然也要加速度的倍加起来。结果就变成这样的一个公式：农村中的有产者集中小都市，小都市的有产者集中大都会，等到资产化尽，而生财无道的时候，则这些素有恒产的候鸟就又得倒转来从大都会而小都市而仍返农村去作贫民。

转转循环，丝毫不爽，这情形已经继续了二三十年了，再过五年十年之后的社会状态，自然可以不卜而知了啦，社会的症结究在哪里？唯一的出路究在哪里？难道大家还不明白么？空喊着抗日抗日，又有什么用处？

一个人在大街上踱着想着，我的脚步却于不知不觉的中间，开了倒车，几个弯儿一绕，竟又将我自己的身体，搬到了大学近旁的一条路上来了。向前面看过去，又是一堆土山。山下是平平的泥路和浅浅的池塘。这附近一带，我儿时原也来过的。二十几年前头，我有一位亲戚曾在报国寺里当过军官，更有一位哥哥，曾在陆军小学堂里当过学生。既然已经回到了寓居的附近，那就爬上山去看它一看吧，好在一晚没有睡觉，头脑还有点儿糊涂，登高望望四境，也未始不是一帖清凉的妙药。

天气也渐渐开朗起来了，东南半角，居然已经露出了几点青天和一丝白日。土山虽则不高，但眺望倒也不坏。湖上的群山，环绕在西北的一带，再北是空间，更北是湖州境内的发祥的青山了。东面迢迢，看得见的，是临平山，皋亭山，黄鹤山之类的连峰叠嶂。再偏东北处，大约是唐栖镇上的超山山影，看去虽则不远，但走走怕也有半日好走哩。在土山上环视了一周，由远及近，用大量观察法来一算，我才明白了这附近的地理。原来我那新寓，是在军装局的北方，而三面的土山，系遥接着城墙，围绕在军装局的匡外的。怪不得今天破晓的时候，还听见了一阵喇叭的吹唱，怪不得走出新寓的时候，还看见了一名荷枪直立的守卫士兵。

"好得很！好得很！……"我心里在想，"前有图书，后有武库，文武之道，备于此矣！"我心里虽在这样的自作有趣，但一种没落的感觉，一种不能再在大都会里插足的哀思，竟渐渐地渐渐地溶浸了我的全身。

还乡后记

郁达夫

在远方的时候，人总需要有回家的感觉。郁达夫也不例外。然而真正踏上杭州的土地时，眼前那一片狼藉的生活，又让他痛苦不已。以至于所有的话语，所有的遇见，都莫名成了一种悲伤。

风烟俱净，天山共色，从流飘荡，任意东西，自富阳至桐庐一百许里，奇山异水，天下独绝。水皆缥碧，千丈见底，游鱼细石，直视无碍，急湍甚箭，猛浪若奔，隔岸高山，皆生寒树，负势竞上，互相轩邈，争高直指，千百成群。泉水激石，泠泠作响，好鸟相鸣，嘤嘤成韵。蝉则千转不穷，猿则百叫无绝，鸢飞戾天者，望峰息心，经纶世务者，窥谷忘反，横柯上蔽，在昼犹昏，疏条交映，有时见日。

吴 均

一

Où Peut-on étre mieux qu'au sein de sa famille?

"法国的古歌"

"比在家庭的怀抱里觉得更好的地方，是什么地方？"像这样的地方，

196

当然是没有的，法国的这一句古歌，实在是把人情世态道尽了。

当微雨潇潇之夜，你若身眠古驿，看看萧条的四壁，看看一点欲尽的寒灯，倘不想起家庭的人，这人便是没有心肠者，任它草堆也好，破窑也好，你儿时放摇篮的地方，便是你死后最好的葬身之所呀！我们在客中卧病的时候，每每要想及家乡，岂不就是这事的明证。

我空拳只手的奔回家去，到了杭州，又把路费用尽；在赤日的底下，在车行的道上，我就不得不步行出城。缓步当车，说起来倒是好听，但是……沉沦过的我，生得又贫贱多骄，喜张虚势；更何况一向以享乐为主义的我，自然哪里能够安贫守分，蹀躞泥中呢！

这一天阴历的六月初三，天气倒好得很。但是炎炎的赤日，只能助长有钱有势的人的纳凉佳兴，与我这行路病者，却是丝毫无补的！我慢慢的出了凤山门，立在城河桥上，一边用了我那半旧的夏布长衫襟袖，揩拭汗水，一边回头来看看杭州的城市，与杭州城上盖着的青天和城墙界上的一排山岭，真有万千的感慨，横亘在胸中。预言者自古不为其故乡所容，我今朝却只能对了故里的丘山，来求最后的荫庇，五柳先生的心事，痛可知了。

啊啊！亲爱的诸君，请你们不要误会，我并非是以预言者自命的人，不过说我流离颠沛，却是与预言者的境遇相同，社会错把我作了天才看待罢了。即使罗秀才能行破石飞鸡的奇迹，然而他的品格，岂不和飘泊在欧洲大陆，猖狂乞食的寄泊栖（gipsy）一样的卑下的么？

我勉强走到了江干，腹中饥饿得很了。回故乡去的早班轮船，当然已经开出，等下午的快船出发，还有三个钟头。我在杂乱窄狭的南星桥市上飘流了一会，在靠江的一条冷清的夹道里找出了一家坍败的饭馆来。

饭店的房屋的骨格，同我的胸腔一样，肋骨一条一条地数得出来。幸亏还有左侧的一根木椽，从邻家墙上，横着支住在那里，否则怕去秋的潮汛，早好把它拉入江心，作伍子胥的烧饭柴火了。店里的几张板凳桌子，都积满了灰尘油腻，好像是前世纪的遗物。账柜上坐着一个四十内外的女人，在那里做鞋子。灰色的店里，并没有什么生动的气象，只有在门口柱上贴着的一张"安寓客商"的尘蒙的红纸，还有些微现世的感觉。我因为脚下的钱已快完，不能更向热闹的街心去寻辉煌的菜馆，所以就慢慢的踱了进去。

啊啊，物以类聚！你这短翼差池的饭馆，你若是二足的走兽，那我正好和你分庭抗礼结成它一对的兄弟！

二

假使天公下一阵微雨，把钱塘江两岸的风景，罩得烟雨模糊，把江边的泥路，浸得污浊难行，那么这时候江干的旅客，必要减去一半；那么我乘船归去，至少可以少遇见几个晓得我的身世的同乡；即使旅客不因之而减少，只教天上有暗淡的愁云浮着，阶前屋外有雨滴的声音，那么围绕在我周围的空气和自然的景物，总要比现在更带有阴凄的色彩，总要比现在和我的心境更加相符。若希望再奢一点，我此刻更想有一具黑漆棺木在我的旁边。最好是秋风凉冷的九十月之交，叶落的林中，阴森的江上，不断地筛着渺漠的秋雨。我在凋残的芦苇里，雇了一叶扁舟，当日暮的时候，送灵柩回去。小船除舟子而外，不要有第二个人。棺里卧着的，若不是和我寝处追随的一个年少妇人，至少也须是一个我的至亲骨肉。我在灰暗微明的黄昏江上，雨声淅沥的芦苇丛中，赤了足，张了油纸雨伞，提了一张灯笼，摸上船头上去焚化纸帛。

我坐在靠江的一张破桌子上，等那柜上的妇人下来替我炒蛋炒饭的时候，看看西兴对岸的青山绿树，看看江上的浩荡波光，又看看在江边沙渚的晴天赤日下来往的帆樯肩舆和舟子牛车，心里忽起了一种怨恨天帝的心思。我怨恨了一阵，痴想了一阵，就把我的心愿，原原本本的排演了出来。我一边在那里焚化纸帛，一边却对棺里的人说："Jeanne！我们要回去了，我们要开船了！怕有野鬼来麻烦，你就拿这一点纸帛送给他们吧！你可要饭吃？你可安稳？你可觉得伤心？你不要怕，我在这里，我什么地方都不去了，我在你的边上。……"

我幽幽的讲到了最后的一句，咽喉就塞住了。我在座上拱了两手，把头伏了下去，两面颊上，只感着一道热气。我重新把我所欲爱的女人，一个一个想了出来，见她们闭着口眼，冰冷的直卧在我的前头。我觉得隐忍不住了，竟任情的放了一声哭声。那个在炉灶上的妇人，以为我在催她的饭，她就同哄小孩子似的用了柔和的声气说：

"好了好了！就快好了，请再等一忽儿！"

啊啊！我又想起来了，我又想起来了，年幼的时候，当我哭泣的时候，祖母母亲哄我的那一种声气！

"已故的老祖母，倚闾的老母亲！你们的不肖的儿孙，现在正落魄了在江干等回故里的船呀！"

我在自己制成的伤心的泪海里游泳了一会，那妇人捧了一碗汤，一碗炒饭，摆上了我的面前。我仰起头来对她一看，她倒惊了一跳。对我呆看了一眼，她就去绞了一块手巾递给我，叫我擦一擦面。我对了这半老妇人的殷勤，心里说不出的只在感谢，几日来因为睡眠不足，营养不良的缘故，已经是非常感到衰弱，动着就要流泪的我，对她的这一种感谢，也变成了两行清泪，噗嗒的滴下腮来。她看了这种情形，就问我说：

"客人，你可是遇见了坏人？"

我摇一摇头，勉强的对她笑了一笑，什么话也不能回答。她呆呆的立了一回，看我不能讲话，也就留了一句："饭不够，好再炒的。"安慰我的话，走向她的柜上去了。

三

我吃完了饭，付了她二角银角子，把找回来的八九个铜子，也送给了她，她却摇着头说：

"客人，你是赶船的么？船上要用钱的地方多得很哩，这几个铜子你收着用吧！"

我以为她怪我吝啬，只给她几个铜子的小账，所以又摸了两角银角子出来给她。她却睁大了眼睛对我说：

"咿咿！这算什么？这算什么？"

她硬不肯受，我才知道了她的真意，所以说：

"但是无论如何，我总要给你几个小账的。"

她又推了一回，才收了三个铜子说：

"小账已经有了。"

啊啊，我自回中国以来，遇见的都是些卑污贪暴的野心狼子，我万万想不到在浇薄的杭州城外，有这样的一个真诚的妇人的。妇人呀妇人，你的坍败的屋椽，你的凋零的店铺，大约就是你的真诚的结果，社会对你的报酬！啊啊，我真恨我没有黄金十万，为你建造一家华丽的大酒楼。

"再会再会！"

"顺风顺风！船上要小心一点。"

"谢谢！"

我受妇人的怜惜，这可算是平生的第一次。

走出了饭馆，从太阳晒着的这条冷静的夹道，走上轮船公司的那条大街上去。大约是将近午饭的时候了，街上的行人，比曩时少了许多。我走到轮船公司门口，向窗里一看，见账房内有五六个男子围了桌子，赤了膊在那里说笑吃饭。卖票的窗前的屋里，在角头椅上，只坐着两个乡下人，在那里等候，从他们的衣服态度上看来，他们想必是临浦萧山一带的农民，也不知他们有什么心事，他们的眉毛却蹙得紧紧的。

我走近了他们，在他们旁边坐下之后，两人中间的一个看了我一眼，问我说：

"鲜散（先生）！到临浦厌办（烟篷）几个脸（钱）？"

"我也不知道，大约是一二角角子吧。"

"喏（你）到啥地方起（去）咯？"

"我上富阳去的。"

"哎（我们）是为得打官司到杭州来咯。"

我并不问他，他却把这一回因为一个学堂里出身的先生告了他的状，不得不到杭州来的事情对我详细的诉说了：

"哎真勿要打官司啦！格煞（现在）田里已（又）忙，宁（人）也走勿开，真真苦煞哉啦！汉（那）个学堂里个（的）鲜散，心也脱凶哉，哎请啦宁刚（讲）过好两遍，情愿拿出八十块洋钿不（给）其（他），其（他）要哎百念块。喏（你）看，格煞五荒六月，教哎啥地方去变出一百念块洋钿来呢！"

他说着似乎是很伤心的样子。

"唉唉！你这老实的农民，我若有钱，我就给你一百二十块钱救你出险了。但是

Thou's met me in an evil hour,

············

To spare thee now is past my power,

············

我心里这样的一想，又重新起了一阵身世之悲。他看我默默的不语，便也住了口，仍复沉入悲愁的境里去了。

四

我坐在轮船公司的那只角上，默默的与那农民相对，耳里断断续续的听了些在账房里吃饭的人的笑语，只觉得一阵一阵的衷心隐痛，绝似临盆的孕妇，要产产不出来的样子。

杭州城外，自闸口至南星，统江干一带，本是我旧游之地；我记得没有去国之先，在岸边花艇里，金尊檀板，也曾眠醉过几场。江上的明月，月下的青山，与越郡的鸡酒，佐酒的歌姬，当然依旧在那里助长人生的乐趣。但是我呢？我身上的变化呢？我的同干柴似的一双手里，只捏了三个两角的银角子，在这里等买船票！

过了一点多钟，轮船公司的那间屋里，挤满了旅人，我因为怕逢着认识我的同乡，只俯了首，默默的坐着不敢吐气。啊啊，窗外的被阳光晒着的长街，在街上手轻脚健快快活活来往的行人，请你们饶恕我的罪吧，我心里真恨不得丢一个炸弹，与你们同归于尽呀。

跟了那两个农民，在窗口买了一张烟篷船票，我就走出公司，走上码头，走上跳板，走上驳船去。

原来钱塘江岸，浅滩颇多，码头下有一排很长的跳板，接在那里。我跟了众人，一步一步的从跳板上走到驳船里去的时候，却看见了一个我自家的影子，斜映在江水里，慢慢的在那里前进。等走到跳板尽处，将上驳船的时候，我心里忽而想起了一段我女人写给我的信上的话：

"我从来没有一个人单独出过门，那天晚上，我对你说的让我一个人回去的话，原是激于一时的意气而发，我实不知道抱着一个六个月的孩子的妇人的单独旅行，是如何苦法。那天午后，你送我上车，车开之后，我抱了龙儿，看看车里坐着的男女，觉得都比我快乐。我又探头出来，遥向你住着的上海一望，只见了几家工厂，和屋上排列在那里的一列烟囱。我对龙儿看了一眼，就不知不觉的涌出了两滴眼泪。龙儿看了我这样子，也好像有知识似的对我呆住了。他跳也不跳了，笑也不笑了，默默的尽对我呆看。我看了这种样子，更觉得伤心难耐，就把我的颜面俯上他的脸去，紧紧的吻了他一回。他呆了一会，就在我的怀里睡着了。

"火车行行前进，我看看车窗外的野景，忽而想起去年你带我出来的时候的景象。啊啊！去岁的初秋，你我一路出来上A地去的快乐的旅行，和这一回惨败了回来的情状一比，当时的感慨如何，大约是你所能推想得出的。

"在江干的旅馆里过了一夜，第二天的早晨，我差茶房送了一个信给住在江干的我的母舅，他就来了。把我的行李送上轮船之后，买了票子，他又来陪我上船去。龙儿硬不要他抱，所以我只能抱着龙儿，跟在他后面，一步一步的走上那骇人的跳板；等跳板走尽的时候，我本想把龙儿交给母舅，纵身一跳，就跳入钱塘江里去的。但是仔细一想，在昏夜的扬子江边还淹不死的我，在白日的这浅渚里，哪里能达到我的目的？弄得半死不活，走回家去，反而要被人家笑话，还不如忍着吧。

　　"我到家以后，这几天来，简直还没有取过饮食，所以也没有气力写信给你，请你谅我。……"

五

　　啊啊，贫贱夫妻百事哀！我的女人呀，我累你不少了。

　　我走上了驳船，在船篷下坐定之后，就把三个月前，在上海北站，送我女人回家的事情想了出来。忘记了我的周围坐着的同行者，忘记了在那里摇动的驳船，并且忘记了我自家的失意的情怀，我只见清瘦的我的女人抱了我们的营养不良的小孩在火车窗里，在对我流泪。火车随着蒸汽机关在那里前进，她的眼泪洒满的苍白的脸儿，也和车轮合着了拍子，一隐一现的在那里窥探我。我对她点一点头，她也对我点一点头。我对她手招一招，教她等我一忽，她也对我手招一招。我想使尽我的死力，跳上火车去和她坐一块儿，但是心里又怕跳不上去，要跌下来。我迟疑了许久，看她在窗里的愁容，渐渐的远下去，淡下去了，才抱定了决心，站起来向前面伸出了一只手去。我攀着了一根铁杆，听见了一声哃哃的冲击的声音，纵身向上一跳，觉得双脚踏在木板上了。忽有许多嘈杂的人声，逼上我的耳膜来，并且有几只强有力的手，突突的向我背后推打了几下。我回转头来一看，方知是驳船到了轮船身边，大家在争先的跳上轮船来，我刚才所攀着的铁杆，并不是火车的回栏，我的两脚也并不是在火车中间，却踏在小轮船的舷上。

　　我随了众人挤到后面的烟篷角上去占了一个位置，静坐了几分钟，把头脑休息了一下，方才从刚才的幻梦状态里醒了转来。

　　向船外一望，我看见透明的淡蓝色的江水，在那里反射日光。更抬头起来，望到了对岸，我看见一条黄色的沙滩，一排苍翠的杂树，静静的躺在午后的阳光里吐气。

　　我弯了腰背孤伶仃的坐了一忽，轮船开了。在闸口停了一停，这一只同小孩子的玩具似的小轮船就仆独仆独的奔向西去。两岸的树林沙渚，旋转了好几次，江岸的草舍，农夫，和偶然出现的鸡犬小孩，都好像是和平的神话里的材料，在那里等赫西奥特（Hesiod）的吟咏似的。

　　经过了闻家堰。不多一忽，船就到了东江嘴。上临浦义桥的船客，是从此地换入更小的轮船，溯支江而去的。买票前和我坐在一起的那两个农民，被茶房拉来拉去的拉到了船边，将换入那只等在那里的小轮船去的时候，一个和我讲话过的人，忽而回转头来对我看了一眼，我也不知不觉的回了他一个目礼。啊啊！我真想跟了他们跳上那只小轮船去，因为一个钟头之后，我的轮船就要到富阳了，这回前去停船的第一个码头，就是富阳了，我有什么面目回家去见我的衰亲，见我的女人和小孩呢？

　　但是运命注定的最坏的事情，终究是避不掉的。轮船将近我故里的县城的时候，我的心脏的鼓动也和轮船的机器一样，仆独仆独的响了起来。等船一靠岸，我就杂在众人堆里，披了一身使人眩晕的斜阳，俯着首走上岸来。上岸之后，我却走向和回家的路径方向相反的一个冷街上的土地庙去坐了二点多钟。等太阳下山，人家都在吃晚饭的时候，我方才乘了夜阴，走上我们家里的后门去。我倾耳一听，听见大家都在庭前吃晚饭，偶尔传过来的一声我女人和母亲的说话的声音，使我按不住的想奔上前去，和她们去说一句话，但我终究忍住了。乘后门边没有一个人在，我就放大了胆，轻轻推开了门，不声不响的摸上楼上我的女人的房里去睡了。

晚上我的女人到房里来睡的时候，如何的惊惶，我和她如何的对泣，我们如何的又想了许多谋自尽的方法，我在此地不记下来了，因为怕人家说我是为欲引起人家的同情的缘故，故意的在夸张我自家的苦处。

一九二三年八月十九日

婿乡年节

郁达夫

过年总是热闹的，有客前来拜访，有老婆在厨房收拾，有孩子放学归来……大家围绕着年，欢乐无比，然而天地间，似乎只有郁达夫是不快乐的。

一看到了婿乡的两字，或者大家都要联想到淳于髡的卖身投靠上去。我可没有坐吃老婆饭的福分，不过杭州两字实在用腻了，改作婿乡，庶几可以换一换新鲜；所以先要从杭州旧历年底老婆所做的种种事情说起。

第一，是年底的做粽子与枣饼。我说："这些东西，做它作啥！"老婆说："横竖是没有钱过年了，要用索性用它一个精光，籴两斗糯米来玩玩，比买航空券总好些。"于是乎就有了粽子与枣饼。

第二，是年三十晚上的请客。我说："请什么客呢？到杭州来吃他们几顿，不是应该的么？"老婆说："你以为他们都是你丈母娘——据风雅的先生们说，似乎应该称作泰水的——屋里的人么？礼尚往来，吃人家的吃得那么多，不回请一次，倒好意思？"于是乎就请客。

酒是杭州的来得贱，菜只教自己做做，也不算贵。麻烦的，是客人来之前屋里厨下的那一种兵荒撩乱的样子。

年三十的午后，厨下头刀兵齐举，屋子里火辣烟熏，我一个人坐在客厅上吃闷酒。一位刚从欧洲回来的同乡，从旅舍里来看我，见了我的闷闷的神气，弄得他说话也不敢高声。小孩儿下学回来了，一进门就吵得厉害，我打了他们两个嘴巴。这位刚从文明国里回来的绅士，更看得难受了，临行时便悄悄留下了一封钞票，预备着救一救我当日的急。其实，经济的压迫，倒也并不能够使我发愁，不过近来酒性不好，文章不敢写了以后，喝一点酒，老爱骂人。骂老婆不敢骂，骂用人不忍骂，骂天地不必骂，所以微醉之后，总只以五岁三岁的两个儿子来出气。

天晚了，客人也到齐了，菜还没有做好，于是乎先来一次五百攒。输了不甘心，赢了不肯息，就再来一次再来一次的攒了下去。肚皮饿得精瘪，膀胱胀得蛮大，还要再来一次。结果弄得头鸡叫了，夜饭才兹吃完。有的说，"到灵隐天竺去烧头香去罢，"有的说，"上城隍山去看热闹去罢！"人数多了，意见自然来得杂。谁也不愿意赞成谁，九九归原，还是再来一次。

天白茫茫的亮起来了，门外头爆竹声也没有，锣鼓声也没有，百姓真如丧了考妣。屋里头，只剩了几盏黄黄的电灯，和一排油满了的倦脸。地上面是瓜子壳，橘子皮，香烟头，和散铜板。

人虽则大家都支撑不住了，但因为是元旦，所以连眨着眼睛，连打着呵欠，也还在硬着嘴说要上那儿去，要上那儿去。

客散了，太阳出来了，家里的人都去睡觉了；我因为天亮的时候的酒意未消，想骂人又没有了人骂，所以只轻脚轻手地偷出了大门，偷上了城隍山的极顶。一个人立在那里举目看看钱塘江的水，和隔岸的山，以及穿得红红绿绿的许多默默无言的善男信女，大约是忽而想起了王小二过年的那出滑稽悲剧了罢，肚皮一捧，我竟哈哈，哈哈，哈哈的笑了出来，同时也打了几个大声的喷嚏。

回来的时候，到了城隍山脚下的元宝心，我听见走在我前面的一位乡下老太太，在轻轻地对一位同行的中年妇人说："今年真倒霉，大年初一，就在城隍山上遇见了一个疯子。"